BRAVES CŒURS

GRAND IN-8° TROISIÈME SÉRIE *BIS*

BRAVES CŒURS

HISTOIRE

D'UN VILLAGE

BRAVES CŒURS

HISTOIRE D'UN VILLAGE

PAR

Mᵐᵉ MARIE DE BOSGUÉRARD

ILLUSTRATIONS DE HENRI BRESSLER

LIMOGES

Marc BARBOU et Cⁱᵉ, Imprimeurs-Libraires

Rue Puy-Vieille-Monnaie.

—

1891

BRAVES CŒURS

CHAPITRE Ier

Le pays où nous transportons nos lecteurs, n'a rien de remarquable, et l'histoire n'en fait point mention.

Aucun homme illustre n'y a pris naissance ; mais plus d'un poète a dû y aller rêver.

Ce pays n'est pas plus pittoresque qu'un autre ; et cependant, il y a dans ses champs, ses bois et ses modestes maisons, toutes groupées autour d'un humble clocher, une telle harmonie d'ensemble, un si riche coloris dans ce tableau vivant, tout fumant et tout odorant, qu'il faudrait avoir l'âme bien peu poétique pour ne pas être ému et charmé à son seul aspect, surtout, à l'heure où le soleil dore les épis et les vignes; à l'heure où l'angelus sonne à toute volée ; à l'heure où la cloche criarde et fêlée appelle tous les travailleurs, comme pour leur marquer une étape, un moment de repos dans la chaude journée.

Alors, l'usine s'emplit de bourdonnements comme une ruche d'abeilles, et tous les hommes noircis en sortent un

à un, se dispersant devant la porte, et descendent le chemin qui conduit aux premières maisons du village.

Une de ces premières maisons, surmontée d'un grand
tableau peint en bleu, qui se balance au gré du vent, doit
être l'auberge la plus achalandée du pays, car tous les ouvriers s'y rendent avec empressement. Sur le tableau bleu,
on voit un mouton blanc, qu'on pourrait prendre tout aussi
bien pour un lapin, si on ne lisait au-dessous, en grosses
lettres jaunes : « *Au Mouton Blanc* ».

Plus loin, les plats de cuivre de l'unique barbier grincent
comme une girouette. A côté, le panonceau du notaire
brille au soleil.

Il y a aussi la plaque reluisante qui indique le médecin,
homme précieux, sans concurrent dans ce pays, et nous
dirons aussi, l'homme le plus brave, le plus honnête et le
plus dévoué qu'il soit possible de rencontrer en ce monde.

Arrêtons-nous un instant au seuil de sa maison blanche,
à l'heure où sa vieille mère ouvre la porte-fenêtre qui donne
sur le perron et s'avance en s'appuyant sur la balustrade en
fer. Elle se penche au dehors, pour écouter les bruits de
l'usine et regarder défiler les ouvriers, cherchant, tout en
clignant ses paupières abritées de sa main, à apercevoir son
cher fils, son précieux Hubert qui devrait descendre aussi ce
chemin, pour rentrer dans sa demeure qu'il quitte souvent
avant le jour.

La brise apporte les parfums de la campagne ; toutes les
maisons ont de véritables jardins sur leurs fenêtres qui forment balcons. Les plus modestes sont couvertes en chaume ;
mais la glycine odorante laisse pendre sa dentelle au-dessus
de la porte ; des rosiers, dont le pied est soigneusement
enveloppé de paille, grimpent le long du mur blanchi ou
construit simplement de ces briques rouges, si gaies au
soleil. Les bêlements des troupeaux qui vont à la fontaine,
se mêlent aux joyeux cris des enfants qui sortent de l'école.

La voici, la jolie école de ce charmant village ; la porte est ouverte toute grande pour laisser passer un gracieux essaim de têtes blondes ou brunes, au nez barbouillé d'encre, aux joues rouges et fermes comme de belles pommes d'api ; et debout, à l'entrée de cette demeure, l'institutrice sérieuse dans sa robe noire qui la rend distinguée, un peu pâle au milieu de ces vives couleurs, sourit à ces papillons qui s'en vont çà et là avec tant de bruit.

Le gros maître de l'auberge du *Mouton blanc* se met sur sa porte, attendant les ouvriers qui ont l'habitude de venir dîner chez lui.

C'est un gros homme rouge et tout rond, vraiment bon enfant, que ce père Fabien, justement estimé de tout le monde. Il demande respectueusement des nouvelles de sa santé à la vieille mère du jeune docteur, et il s'acquitte en même temps du même devoir de politesse vis-à-vis de la bonne maîtresse d'école, mademoiselle Ursule.

En ce moment, comme les derniers sons de la cloche retentissaient aux oreilles de tout le village, — c'est-à-dire aux oreilles de ceux qui attendaient les ouvriers des champs et de l'usine, — un homme jeune, vêtu d'un habit de voyage en drap brun, d'une culotte en velours et coiffé du chapeau rond à larges bords, apparut soudain au milieu du petit chemin, — l'unique sentier qui conduisit de la grande route au village.

A sa vue, les enfants s'arrêtèrent de jouer sur la place, et mademoiselle Ursule, qui allait rentrer chez elle, allongea le cou pour regarder le nouveau venu.

Quant au père Fabien, — qui devina un hôte dans cet étranger, — il ôta courtoisement sa calotte, et découvrit son crâne luisant aux rayons du soleil.

Il n'y a pas jusqu'à la vieille mère du médecin qui n'oubliât un instant son inquiétude au sujet de son cher Hubert, pour laisser épanouir le sentiment de la curiosité sur son placide visage.

C'est qu'un voyageur est ordinairement regardé comme une chose curieuse dans un petit endroit où chacun voit s'écouler sa vie dans la routine d'un travail quotidien.

C'est comme une seule et immense famille qui compose ce modeste pays, abrité à l'ombre d'une belle forêt, comme la touffe de violette dans les bois, avec des collines toutes chargées de vignes appétissantes pour lui servir d'horizon.

Et si l'on quitte le village pour prendre par derrière le sentier qui traverse les champs, on se trouve tout d'un coup transporté au milieu d'une si riche et si fraîche nature, qu'on se sent pénétré d'un ineffable contentement.

C'est ce que parut éprouver le voyageur dont nous parlons, au moment où il fit son apparition au bas du coteau sur lequel le soleil tombait d'aplomb. Son visage, d'une pâleur maladive, paraissait fatigué ; son front large était mouillé de sueur, et ses cheveux noirs, collés aux tempes, se relevaient en boucles abondantes tout autour de sa tête.

La flamme de son regard s'éteignit rapidement ; et, comme si un souvenir cruel était venu effacer son fugitif sourire, il serra l'une contre l'autre ses lèvres pâles, avec une expression amère, et répondit d'un léger signe de tête au salut respectueux du père Fabien.

— Monsieur désire se reposer, sans doute ? dit l'aubergiste en s'avançant sur le pas de sa porte.

— Oui, répondit doucement le voyageur ; je voudrais une chambre isolée, donnant sur la campagne si cela était possible.

— Nous en avons effectivement une, mon bon Monsieur, répondit d'un air empressé l'aubergiste : — cette chambre n'est pas bien belle peut-être, mais elle est propre, comme du reste vous pourrez le voir... Victoire !... viens vite, ma fille !... Bon... salue ce monsieur qui veut bien nous honorer de sa visite, et conduis-le vite dans la chambre qui a des rideaux rouges et qui donne derrière la maison... Allez, mon bon Monsieur ! vous pouvez compter que c'est de la chance pour vous d'être tombé comme ça dans ce pays, où chacun est bon enfant, et dans la maison de votre serviteur, le père Fabien, qui a la réputation d'être un honnête cuisinier et un bon vivant.

Le voyageur regardait au loin le chemin tout sillonné par la bande noire des ouvriers de l'usine, qui arrivaient presque tous ensemble.

Quelques-uns traversèrent la rue pierreuse du village et entrèrent dans les maisons où une bonne ménagère entourée de marmots les attendait avec impatience. D'autres, qui n'avaient point de mère au logis, s'arrêtèrent devant la porte du père Fabien, attendant que l'*étranger* se fût un peu reculé pour leur livrer passage.

Le voyageur s'aperçut qu'il empêchait ces braves gens d'entrer, et il s'empressa de pénétrer dans la salle basse, où quelques tables étaient déjà dressées attendant les hôtes quotidiens.

Victoire, la fille de l'aubergiste, une petite créature toute ronde comme son père, à la figure brillante de santé éclairée par d'honnêtes yeux bruns, Victoire était arrêtée devant le nouveau venu, non pas à le considérer effrontément, mais attendant qu'il voulût bien se donner la peine de la suivre dans la chambre aux rideaux rouges.

Le voyageur se mit à marcher derrière elle, non sans jeter à droite et à gauche les yeux sur les tables qui se remplissaient. L'allée qui séparait ces deux rangées de tables, proprement mises le long d'un mur peint en vert, était sablée d'un sable tout frais qui restait collé aux pieds de chacun.

Le gros père Fabien, tenant sa calotte dans ses mains, suivait le voyageur. Au moment où celui-ci allait disparaître sur les pas de Victoire, derrière une petite porte vitrée que la main de la jeune fille venait de pousser, un cri déchirant, un cri terrible traversa l'espace; et, à ce cri douloureux, plusieurs voix d'enfants et de femmes se mêlèrent.

Victoire laissa retomber la porte vitrée et courut sur le seuil de l'auberge. En même temps, tous les ouvriers déjà attablés se levèrent ensemble et se précipitèrent dehors, à la tête du père Fabien qui oublia du coup son voyageur; celui-ci se retourna et s'aperçut qu'il était seul au milieu de la salle.

Au dehors, sans doute, un malheur était arrivé. On entendait la voix de la vieille mère du docteur qui s'écriait: Jésus!... et dire qu'Hubert n'est pas là!...

— Qu'y a-t-il donc? demanda le voyageur en s'avançant aussi sur la porte.

Mais un cercle de têtes l'empêchant de voir, il se haussa sur la pointe de ses pieds, et il ne pouvait encore rien distinguer de ce qui se passait dans le centre, lorsque Victoire, qui était auprès de lui, répondit aussitôt:

— Ce n'est rien, Monsieur, c'est-à-dire, nous devrions y être habitués; la folle du pays, la pauvre Antoinette, se jette quelquefois à bas de la colline, absolument comme si elle faisait un plongeon. Mais cette fois, il paraît que sa pauvre vieille tête a rudement cogné contre les pierres, car elle reste là étendue, toute sanglante, à côté de sa petite-fille, la pauvre petite Reine, qui aime tant sa grand'mère. C'est elle qui a poussé ce cri qui m'a donné un frisson dans les veines.

— Le fait est que ce cri-là n'avait rien d'humain, Monsieur, ajouta l'aubergiste en s'approchant de l'étranger. Et si vous considérez comme cette mignonne est fluette dans toute sa personne, vraiment on se demande comment elle peut pousser de tels cris. Ah! ce n'est pas les premiers que nous entendons, Monsieur! En voilà une petite qui est esclave de sa grand'mère! et qui la soigne tout comme un petit

enfant; car il faut vous dire que la pauvre vieille a perdu
la raison voilà deux ans déjà; oui, deux ans sonnés à la
Saint-Jean!...

Les ouvriers regagnaient un à un leurs places abandonnées; ils s'asseyaient, en parlant de la triste position de
cette jeune fille, qu'on appelait Reine, et ils manifestaient
tous une grande sympathie pour elle.

La mère du docteur était restée sur la place; à genoux,
près de la jeune fille qui sanglotait sur le corps de sa
grand'mère, la bonne femme disait de douces paroles à la
désolée, tout en trempant un linge dans un verre d'eau fraîche, et en appliquant ce linge sur les tempes et le front de la
blessée.

Le sang ne coulait plus d'une légère blessure au front;
mais la pauvre folle n'ouvrait pas les yeux. Et sa petite-fille
criait à travers ses sanglots:

— Oh!... si elle allait être morte!...

— Je suis un peu médecin, dit alors l'étranger, voyons ce
que c'est.

Et, se mettant à genoux sur le sol, il tâta d'abord le cœur
de la vieille femme, puis il souleva ses paupières fermées
et se hâta de dire :

— Ce n'est rien; ne craignez rien, Mademoiselle, votre
grand'mère n'est pas morte.

A cette voix inconnue pour elle, d'un son si grave et si
doux, la jeune fille releva soudain la tête et écarta de ses
deux mains les cheveux qui lui voilaient le visage. Ce visage
était si beau, si fier et si pur de lignes, qu'il était impossible
de ne pas s'arrêter à le contempler.

Reine, qui portait si bien son nom, rappelait le portrait
de la Vierge de Murillo, telle qu'elle apparaît sur les vitraux
coloriés de la galerie Barberini à Rome.

L'étranger, qui avait visité toutes les galeries de la Ville

éternelle, se souvint tout à coup de ce portrait, et demeura
saisi d'étonnement.

Mais la modeste jeune fille ramena vite ses regards humides sur le corps inanimé de sa grand'mère, et, comme
si cette vue lui eût rappelé soudain le terrible accident :

— Ah! mon Dieu! soupira-t-elle en pressant ses mains
l'une contre l'autre — ma bonne Madame Hubert, si seulement vous pouviez m'aider à la transporter chez nous!

— Mais, je vais vous aider, moi!... dit doucement le
voyageur, et comme il ajoutait sur un ton de reproche :

— Pourquoi ne me le demandiez-vous pas?

— Pardonnez-moi..., balbutia Reine toute confuse. Vous
êtes bien bon, Monsieur, et je vous remercie de tout mon
cœur.

Le voyageur, sans ajouter un seul mot, se baissa et
ramassa la vieille femme comme il aurait fait d'un enfant,
puis il reprit de sa voix harmonieuse : — Allons!... montrez-
moi le chemin!

Reine se leva d'un bond et, comme une biche gracieuse,
elle se mit à courir sur le chemin, s'arrêtant à chaque pas
pour murmurer : Mon Dieu!... mon Dieu!...

Il arrivèrent ainsi, lui la suivant aussi vite qu'il pouvait,
et serrant entre ses bras son inerte fardeau, ils arrivèrent
ainsi jusqu'à la dernière maison du village.

Il est vrai que la rue de ce village n'était pas longue et
qu'on pouvait facilement embrasser du regard les deux ex-
trémités.

De sorte que le père Fabien sur sa porte, en face de Mme
Hubert sur son perron, put, en se penchant un peu, apercevoir Reine et l'étranger qui s'était si obligeamment chargé
de la pauvre malade.

— M'est avis que voilà un bien bon cœur, ce monsieur-là!
s'écria la mère du médecin, en réponse aux exclamations de
l'aubergiste qui trouvait fort drôle qu'un voyageur, inconnu

à tout le monde, prit aussi vite de la pitié pour cette pauvre femme.

Cependant, l'étranger était entré dans la demeure que
Reine avait ouverte en tremblant; il avait déposé la vieille
femme sur un lit qui se trouvait caché par les rideaux blancs
d'une alcôve, et il avait jeté un rapide coup d'œil autour de
lui.

Certes, le logis était loin d'être élégant; il était plutôt
pauvre; mais tout y respirait si bien l'ordre et la propreté,
que c'était une grâce inexplicable qui régnait dans l'ensemble, une harmonie parfaite. Cependant, en regardant chaque
chose de près, qu'y avait-il là de séduisant? Des chaises en
paille, au dossier de chêne bruni par le temps; une petite
table carrée en bois blanc, éblouissante de blancheur; une
armoire en bois plein, d'une teinte cerise, comme les meu-
bles peints qui réjouissent l'œil des enfants; des rideaux
blancs à la croisée, comme à l'alcôve; et puis, des
fleurs dans l'enfoncement de la fenêtre; des roses, des
marguerites, des chrysanthèmes jaune pâle, se détachant
sur le vert feuillage d'un beau tilleul qui balançait ses mille
branches devant la porte; et puis, quoi encore? C'était tout!
vraiment, rien que cela pour être si charmant?... Si fait,
encore le chant monotone d'un merle dans une cage en bois
blanc; le carreau du sol brillait; les murs fraîchement
recouverts d'une couche épaisse de peinture brune; un beau
portrait à l'huile, le seul, jetait comme une étoile éclairant
ce modeste logis, attirant forcément le regard: C'était un
magnifique portrait de femme qui ressemblait à Reine;
seulement la jeune fille avait pris le corps de la femme, tout
en conservant l'angélique expression de la Vierge.

Il faut croire que l'étranger était aussi observateur que
poète, et, par-dessus le marché, artiste sans doute; car, il
tressaillit subitement, et, montrant la belle toile qui res-
plendissait, il dit :

— Ce portrait est signé d'un grand maître.

— C'est celui de ma mère! — répondit la jeune fille sans comprendre.

— Je vous dit que c'est un Van Dyck tout pur! s'écria l'étranger avec un véritable enthousiasme; et s'approchant de la toile, il chercha un nom en vain et perdit quelques minutes dans cet examen; ce qui permit à Reine de le regarder à son tour, et à la vieille femme de se réveiller sur son lit.

CHAPITRE II

La pauvre grand'mère de Reine n'était pas aussi folle qu'on voulait bien le dire; seulement elle avait des allures si bizarres, et une habitude de parler seule, tout haut, avec une grande exaltation, qu'on ne pouvait se dispenser de la juger atteinte de folie.

Il y avait eu deux ans sonnés à la Saint-Jean, avait dit l'aubergiste du *Mouton Blanc*, que la pauvre Antoinette, avait donné les premiers signes d'aliénation.

C'était par un beau soir, après une chaude journée; Reine était assise aux pieds de sa grand'mère qui se reposait sur le seuil de sa porte. Un homme portant une blouse bleue sur un veston de drap, et ayant devant lui une boîte carrée retenue sur son épaule par des courroies en cuir, tout couvert de poussière, et harassé de fatigue, venait de s'arrêter un instant dans le village, qu'il ne faisait que traverser : C'était un colporteur comme on en voit souvent dans les campagnes,

transportant dans sa boîte carrée tout un assortiment d'objets
précieux et utiles, surtout dans ces pays retirés où hommes
et femmes, occupés de pénibles travaux, ignorent les modes,
comme ils ignorent les évènements politiques de la ville.

Antoinette voulut faire reposer le colporteur, et elle se
leva pour lui donner son siège, tandis que sa petite-fille
allait chercher de quoi le rafraîchir.

Reine versa à boire au colporteur, et sa grand'mère s'empressa de demander :

— Au moins me direz-vous ce qui se passe là-bas ?

— Là-bas !... de l'autre côté de la frontière ?... dit lentement le colporteur en s'arrêtant de boire. Eh bien ! ne le
savez-vous donc pas ?... les ouvriers de toutes les fabriques
sont en grève... c'est comme un vent qui souffle des grandes
villes pour leur apporter l'idée des révolutions, quoi !... ça
sera peut-être bien un jour le tour des gens de ce pays.

La vieille Antoinette était émue ; sa lèvre inférieure trem-
blait un peu ; mais elle s'efforçait de ne pas paraître trou-
blée, ne voulant pas en expliquer la cause ; et, au bout
d'une minute ayant pris son empire sur elle-même, elle dit
encore :

— C'est quelquefois un seul homme qui cause tous ces
troubles, et, certes, il est très coupable celui qui pousse les
esprits à la révolte ! connaissez-vous le nom de ce meneur ?...

— Ah !... le gueux ! l'incendiaire qui a lui-même mis le
feu aux quatres coins de l'usine, et allumé en même temps
la haine dans le cœur de tous les imbéciles qu'il savait si
bien dominer ?... oui, cela ne fera plus de mal à personne,
car il est arrêté, et on va lui dresser bel et bien une
potence !... c'est le misérable Williams Robert Warwich,
qui descend du fameux Richard Warwich surnommé « le
faiseur de rois ».

Le colporteur n'avait pas plutôt prononcé ce nom, que
sans que personne pût expliquer la chose, Antoinette pous-

sait un grand cri et tombait sans connaissance entre les bras de sa petite-fille. Pendant plusieurs semaines, la pauvre femme se débattit dans une fièvre ardente qui lui arrachait des phrases incohérentes; elle appelait sans cesse son enfant coupable, le suppliant de revenir à elle comme l'enfant prodigue; et sûr, elle lui pardonnerait. Puis, elle s'attendrissait, tendait les bras vers un être imaginaire; enfin, tout à coup, elle retombait dans un état de prostration qui durait de longues heures. Heureusement, sa constitution robuste triompha de la maladie; peut-être, aussi, le traitement intelligent du docteur Hubert y fut-il pour beaucoup.

Il faut dire que le jeune médecin s'attachait particulièrement à la pauvre femme, et qu'il lui donnait les soins touchants d'un fils; et la douce Reine accomplissait si bien les prescriptions, elle exécutait si ponctuellement les ordonnances qu'à ses deux vigilants gardes-malades, la vieille Antoinette dut le triste bonheur de conserver la vie.

Seulement, elle entra dans une convalescence très longue; ses forces ne revinrent que lentement; son esprit semblait seul veiller, et tandis que son corps inerte demeurait affaissé dans le fauteuil que sa petite-fille traînait au soleil, la pensée ardente de la malade se lisait dans ses yeux brillants. Elle demandait souvent si on avait revu le colporteur, le seul être apportant des nouvelles dans le pays privé de gazettes.

Mais depuis trois mois, le colporteur n'avait pas reparu.

Un soir, on le vit descendre la grande route, et un enfant accourut prévenir Antoinette, pensant lui faire plaisir. Aussitôt, la vieille femme fit un bond sur son fauteuil, et retrouvant tout à coup ses forces assouplies, elle s'élança dans la rue montante du village, courant jusqu'à l'endroit d'où l'on domine la route, les collines et les champs; à droite, la seconde rampe tortueuse où se trouve l'usine et quelques maisons de gros cultivateurs forment la seconde partie du

2

village. C'est là le centre du travail, car on s'y agite tout le jour, tandis que la rue opposée est très calme.

Il marchait lentement, courbant l'échine comme un homme fatigué, sa besace sur le dos, son bâton à la main ; le soleil couchant l'éclairait en plein et mettait en lumière sa chevelure roussâtre un peu ébouriffée, qui débordait largement de chaque côté de son chapeau rond.

Antoinette s'arrêta pour souffler, elle avait le temps de le rejoindre avant qu'il eût atteint l'allée principale conduisant à l'usine.

C'était le jour de la paye, le soir du dernier jour de la semaine ; les ouvriers, au nombre de cent cinquante, étaient réunis devant la porte, causant ensemble, en attendant que le patron les appelât.

Le patron de cette usine était un homme jeune encore, très actif et très intelligent. Fils d'un gros cultivateur du pays, il avait, à la mort de son père, eu l'idée d'agrandir sa propriété et de la transformer en usine, pour la fabrication des objets en tôle, fer, acier fondu ; car la terre où il se trouvait était riche en minerais.

Claude Morand, qui connaissait à fond son département, et qui comptait fort bien sur ses doigts tout le bénéfice qu'on pouvait tirer chaque année, dans le simple petit coin qu'il possédait, dépensa d'abord une grande partie de ses revenus à la construction d'une usine spacieuse, pouvant occuper plus de deux cents ouvriers.

Tous le pays fut appelé, c'est-à-dire jeunes gens à partir de de seize ans, et hommes faits jusqu'à soixante ans. La plupart des habitants vivaient auparavant du simple produit d'un petit lot de terre qui donnait tout juste à chaque famille de quoi ne pas mourir de faim.

La certitude d'un travail bien payé fut le suprême bonheur pour ces braves gens. Ils n'avaient pas dans leur cœur ce mauvais ferment de jalousie, d'envie et de haine qui trop souvent naît au sein des villes ; leur paisible vallon soufflait un air trop pur pour qu'ils fussent atteints de cette terrible épidémie. Aussi Claude Morand, considéré comme l'enfant du pays, aimé de tous parce qu'il n'était pas fier, ne fut pas longtemps à remplir sa ruche d'abeilles ouvrières.

En trois ans, la fortune du propriétaire était triplée.

Alors, il voulut y faire participer ses braves ouvriers, et il annonça publiquement qu'il doublait la paye ordinaire.

Tous ces détails ne sont pas inutiles pour la clarté de notre récit, et nous ajouterons que, le samedi soir à sept heures, au moment où le colporteur montait péniblement du côté de l'usine, c'était la première fois que les ouvriers allaient recevoir le double de la somme qu'ils touchaient habituellement.

Peut-être Claude Morand, avec son bon sens ordinaire, avait-il jugé nécessaire de faire cette augmentation du salaire habituel ; car, de l'autre côté de la frontière, un vent de discorde et de guerre civile s'élevait depuis quelque temps. Il pensait que l'esprit si calme de ses ouvriers pourrait bien un jour se laisser gagner par cet esprit d'imitation qui est si contagieux. Le fait est que les nouvelles étaient toujours attendues avec impatience, et quand on voyait paraître le vieux colporteur au museau de renard, on se pressait autour de lui pour lui demander « ce qui se passait là-bas. »

Claude Morand, sans vouloir montrer trop clairement le danger d'écouter ces choses, affectait une grande indifférence, et s'efforçait d'être de plus en plus paternel pour son entourage.

Sept heures sonnèrent au clocher, et la cloche de l'usine s'agita aussitôt pour appeler les ouvriers à la caisse.

Ils se pressèrent à l'entrée comme un troupeau de moutons, et leurs voix bourdonnantes s'entendait de loin.

Antoinette arrivait alors au milieu de l'allée où elle attendait le vieux colporteur.

Au bruit de la cloche, Michel le colporteur redressa son échine et tourna son visage tout pâle du côté de l'usine; sa large bouche s'ouvrait pour laisser passer un gros rire, tandis que sa main calleuse faisait glisser la courroie qui lui coupait l'épaule. Il aperçut la vieille Antoinette, et tout riant encore :

— Bonsoir, vieille mère! cria-t-il en s'avançant tout près d'elle; il paraît, ajouta-t-il, d'un air goguenard, qu'ici on est très tranquille?... ah!... ah!... ah!..., ce sont des bons enfants au moins!..., des enfants innocents ceux-là. A la bonne heure! on est tranquille par ici!... ce n'est pas comme là-bas?

— Que se passe-t-il donc encore là-bas? demanda en pâlissant la grand'mère de Reine.

— Oh! rien de nouveau!..., c'est toujours pareil! des révolutions quoi!..., parce que ça déplaît au pauvre monde de ne pas vivre les mains dans les poches comme les richards. Je vous demande un peu!..., avec ça que ce n'est pas naturel que celui qui a de quoi vivre à son aise, se goberge tout le jour, en faisant suer l'ouvrier pour lui bâtir des maisons! lui cuire son pain, lui faire des vêtements! qui c'est donc qui lui donnerait tout cela, si tout le monde était égaux?... Oui, qui consentirait à trimer comme un malheureux, si on était riche?... Ah dame! faut toujours qu'y ait un qui commande et qui frappe; allez donc! et un autre qui roule sa besace, comme le pauvre bohème Michel, sur les chemins! pas vrai, mère Antoinette?.... En usez-vous?... du bon tabat de contrebande; tenez, goûtez-en, respirez-moi ça, si c'est pas du fameux.... ah!... faut avoir le pied sûr et l'œil au guet toujours, pour défier les douaniers; mais bast! on est vieux dans le métier, et on fait la nique aux gendarmes!.... Quand on pense qu'il y a dix-sept ans que je suis comme ça sur les routes..... allant de ville en ville.... de village en village...., courant comme un pauvre lièvre qui est traqué par les chas

seurs..., couchant sur le bord des sentiers, au fond des
ravins ou dans les cavernes !... Pour lors, je descends de la
montagne où il y a un hospice tenu par les bons moines,
des bons vrais diables, ceux-là, qui assaisonnent leurs ser-
mons inévitables, de pain, de saucisses et de vin blanc ; ce
qui fait que j'aime encore à monter par là pour me reposer
un peu... et me rafraîchir la conscience tant bien que mal...
Que voulez-vous, la mère, c'est comme ça que le Diable se fait
ermite quand il est vieux, comme dit l'autre !... mais, auparavant, je venais d'un véritable enfer ! Oui, c'est comme je vous
le dis, les ouvriers se sont réunis dans les tavernes pour boire
tout le jour, et comploter la nuit ; ils ont à leur tête un beau
parleur qui leur apprend qu'ils sont nés pour leur indépen-
dance. Si ce beau parleur-là n'est pas pendu, je suis bien
bête, moi ! et je ne sais comment ça ne peut avoir réussi !
On avait bel et bien dressé la potence, et préparé une grosse
corde de chanvre, toute neuve. Je me tenais au bas, ayant
donné le mot au bourreau, afin qu'il me fasse l'obligeance
de me passer un bout de sa corde neuve, quand son patient
serait à l'autre bout, car, vous savez la mère, que ça porte
bonheur; d'autant que c'aurait été un fameux pendu celui-
là !... mais, va-t-en voir s'ils viennent, Jean !... il avait filé
sans demander son reste !.., c'est-à-dire que celui qui allait
être pendu, avait tout d'un coup pris la poudre d'escam-
pette, au moment où on s'y attendait le moins : il marchait,
à ce qu'il paraît, entre deux gardes, escorté par un bon
moine qui lui défilait un tas de choses, à seule fin de l'encourager à mourir, quand soudain..., se baissant entre les
jambes de ses gardes, et se redressant comme un ressort
d'acier détendu, il faisait un bond, mais un bond ! par dessus
les têtes !... que c'était plus fort que les tours de force des
saltimbanques, à ce qu'il paraît. Enfin, il court encore;..
attrappe qui peut ! et moi j'y ai perdu ma corde... C'est égal,
j'ai ri de bon cœur tout de même, et ça m'a fait un certain

plaisir que le pauvre diable ait pu s'en échapper !... Seulement, la mère, faut qu'il ait joliment de toupet tout de même ;
je l'ai vu, oui je l'ai vu, comme je vous vois, à deux pas,
quoi !... il était debout sur une table, au cabaret de la Croix-
d'Or, et il faisait un discours sur la liberté..., fallait voir
comme c'était bien dit tout de même ! que ç'aurait été dommage que cet homme-là fût pendu !... Finalement, j'ai détalé
selon ma coutume, parce que ces butors-là allaient nous
attirer toute la gendarmerie sur le dos, bien sûr ; et j'ai
monté jusque chez les bons moines, d'où je reviens à
cette heure !... Et faut l'avouer que vous avez un triste visage... vous voilà aussi blanche que la maison qui est là-bas....

Le vieux Michel s'arrêta pour aspirer largement une prise
de tabac qu'il avait placé sur sa main. Antoinette qui l'avait
écouté toute frémissante, les lèvres serrées, se hasarda à lui
demander : — C'est toujours Wiliams Robert n'est-ce pas ?

— Parbleu !... qui ça serait-il donc, si ça n'était pas lui !...
et, sauf votre respect, en voilà un gaillard, qui n'a pas peur
du Diable et qui rirait au nez des bons moines, si ceux-ci se
mêlaient de vouloir le sermonner.

— Il a bien ri au nez de sa mère !... murmura la vieille
femme en tremblant comme si la fièvre la reprenait.

— Bast !... est-ce que vous le connaîtriez, vous ?... Ah !
bien, par exemple ! je n'aurais pas cru ça, moi, vrai ! une
sainte comme vous ! que j'ose même pas jurer en votre présence !... nom d'un nom !...

La vieille femme allait parler, et le lecteur aurait été sans
doute bien curieux d'entendre sa réponse, mais un bourdonnement inusité sortait de l'usine, et presque aussitôt les ouvriers faisaient bruyamment irruption sur le seuil, entourant
leur bien-aimé patron Claude Morand.

On entendit la grosse voix du maître de l'usine, dominant
celle de ses ouvriers.

— Allons, mes amis, pas tant de remercîments ! il n'y

a pas de quoi !... et venez tous demain dimanche, après vêpres, trinquer à ma santé ; je ferai défoncer un tonneau du bon vin que vous connaissez, et chacun sera libre, après avoir bu, d'en emporter chez lui pour la femme et les enfants, c'est justice !...

Claude Morand avait froncé ses épais sourcils en apercevant le colporteur, dont il redoutait secrètement l'influence ; puis, il s'était hâté d'ajouter cette invitation qui fut accueillie par de nombreux hourras. Un peu plus, cet excellent homme aurait été porté en triomphe.

Antoinette s'éloigna en chancelant du lieu de cette scène, laissant Michel les bras croisés sur son bâton, grommelant entre ses dents et ricanant toujours.

Reine, inquiète de sa grand'mère, la rencontra à mi-chemin, et l'emmena chez elle où elle s'empressa de la mettre au lit.

C'est à partir de ce soir, du 21 juin, que la pauvre Antoinette donnait des signes de folie.

———

CHAPITRE III

Depuis deux ans, le vieux Michel n'avait pas reparu.

— « Faut croire qu'il est mort, » disaient les uns « ; ou, qu'il est en prison ! » disaient les autres.

— C'est dommage tout de même, ajoutaient quelques hommes; Michel, c'était la gazette ! Il nous apprenait tout ! maintenant nous ne savons plus rien ! — Il nous apportait des rubans et des colliers, disaient les jeunes filles; — des beaux joujoux ! s'écriaient les enfants. — Bast ! bast !..., répondaient les femmes sensées, la jeunesse n'a point besoin de colifichets et de joujoux ! et nos maris n'ont pas besoin de distractions pour les empêcher de travailler. Quand Michel passait par ici, les hommes ne cessaient de répéter ce qu'ils avaient appris; comme quoi on est plus batailleur dans les villes, mais comme quoi aussi on est plus savant; enfin, c'est heureux que Michel ne reviennent plus, on est tranquille !...

Claude Morand était le seul, lui, qui n'affichât pas tout

haut son avis, mais, nous ne sommes pas loin de penser qu'il était encore plus satisfait que les autres, de l'absence du vieux colporteur. Pour lui, le travail marchait toujours, et sa fortune s'arrondissait.

Peut-être la richesse lui endurcissait-elle un peu le cœur, car, depuis quelque temps, il manifestait plus de sévérité avec ses ouvriers.

Probablement que l'intelligent Claude Morand sentait la nécessité de paraître avoir une main très ferme, pour mener tout ce troupeau que la moindre tempête pouvait ameuter contre lui.

Sans que personne pût s'en douter, le patron de l'usine communiquait avec le dehors tous les quinze jours, trois semaines d'abord ; il s'en allait avec le jour, bien loin dans la campagne, assez loin pour que nulle oreille humaine pût entendre la conversation qui avait lieu entre lui et une espèce de vagabond à la figure noircie, aux vêtements en guenilles, qui attendait à un certain endroit, toujours le premier au rendez-vous. C'est ainsi que Claude Morand apprenait ce qui se passait en dehors de son pays.

Il faut croire que les dernières nouvelles n'étaient guère rassurantes, car les ouvriers s'exprimaient ainsi à l'auberge du Mouton blanc :

— Le patron est d'une humeur de dogue ; il a d'abord crié contre les ouvriers qui devenaient paresseux, à ce qu'il dit ; puis, il vient de nous menacer de nous compter en moins les heures de travail que nous manquerons ; comme qui dirait, par exemple, qu'on déduirait au petit Pierre les cinq heures qu'il a passées près de sa femme mourante ; à Jean Faroux, les vingt minutes qu'il est en retard chaque matin à cause de sa vieille mère qu'il ne peut pas quitter, sans avoir mis à la portée de sa main tout ce qu'il faut, jusqu'à son retour, puisque la malheureuse est clouée dans

son lit par la paralysie, et que l'on no peut pourtant la laisser mourir de faim !

— Eh !... croyez-vous, comme ça, qu'on la laisserait
mourir de faim, la pauvre mère à Jean Faroux ? dit tout à
coup l'aubergiste du Mouton-Blanc, en venant prendre part
à la conversation qui s'animait un peu.

— C'est pas pour dire, mais c'est criant! dit un gros
homme, en donnant un coup de poing sur la table.

— Quoi qu'est criant, voyons, père Forey ? faut pas vous
emporter comme une poule à qui on a pris son petit!

— Oui, oui, parlez bien vous autres de ne pas s'emporter ! vous avez la jeunesse, la force, la santé, une femme
qui travaille, des petits qui grandissent et qui vous aideront
bientôt à gagner votre pain ! mais, des vieux garçons comme
nous autres, à Jean Faroux, à Lamenais-Montreuil et moi,
qu'avons une vieille mère sur les bras, et rien que nos bras
pour travailler ! qu'est-ce qui empêchera la mère de mourir
de faim, et qu'est-ce qui nous soignera, si nous venons à
attraper le lit? Pour lors, je disais donc que si le patron
nous retient une heure ou deux sur la paye, chaque semaine,
ça fera des sous à mettre en moins dans la tirelire, qu'est
une bonne chose à défoncer, quand la maladie est venue.

— Voilà-t-il de la bile pour rien !... s'écria un petit
homme très brun qui n'avait pas encore parlé; où donc
avez-vous été pêcher que le patron nous retiendrait des heures en moins?... Vous n'êtes guère malins, si vous n'avez
pas vu qu'il disait cela histoire de nous effrayer un peu, de
nous émoustiller davantage, de nous rappeler un brin au
devoir ! Au fond, le patron est un brave homme, un père qui
nous aime tous !...

— Ça, c'est vrai, ajouta Jean Faroux, avec émotion —
et que vous devriez bien dire qu'il est l'enfant du pays!...

— Ah ! pour ça oui ! dit à son tour l'aubergiste, qui avait
écouté, debout près de la table : je ne dois pas oublier, moi,

que nous avons été gamins ensemble, et qu'il a été obligeant pour moi. Mais qu'il était plein d'esprit! tandis que je n'en avais goutte! et qu'il apprenait ses leçons sans se donner de peine! tandis que votre serviteur ne pouvait se les fourrer dans la tête! alors, que je lui disais : T'es né chanceux; et tu seras un savant, Claude, à la bonne heure!... et que je ne me suis pas trompé, attendu que son père le faisait unique héritier, d'abord de tous ses biens, et que le rusé Claude, qu'à jamais été bête, avait l'idée de créer cette usine qui a fait vivre tout le pays!

— C'est vrai! s'écrièrent ensemble Jean Faroux et Forey.

— Oui, reprit ce dernier, d'une voix plus douce et comme trempée de pleurs, faut être juste, les amis, c'est Claude Morand qui nous a fait tous vivre depuis cinq ans, et qui nous a permis d'amasser quelques sous.

— A la bonne heure! s'écria joyeusement le petit homme brun, qu'on nommait Bernard; il faut la justice en tout! et il faut avant tout reconnaître que le patron nous a fait du bien. Quand il serait de mauvaise humeur un brin, eh! bien quoi! ne l'est-on jamais, nous autres?...

— Bernard a raison, dit Jean Faroux; mais je vais vous dire une chose qui est celle-ci : c'est que m'est avis que le patron ne manque pas de nouvelles comme nous autres, et qu'il sait à quoi s'en tenir, s'entend!...

— Qu'est-ce que tu veux dire, vieux loup? demanda Bernard.

— Alors les vieux coqs ont plus d'esprit que les jeunes coqs, ajouta Jean Faroux d'un air grognon; et comme il voyait que tous les ouvriers et même l'aubergiste prêtaient une grande attention à ce qu'il allait dire, il continua, après s'être donné le plaisir de les tenir tous en suspens : Un soir, qui avait été bien mauvais pour la pauvre mère, je me rendis chez notre médecin, le jeune docteur Hubert. Pour lors, je trouve M. Hubert fort embarrassé; fallait qu'il aille à

l'usine sur l'heure, voir le patron qu'avait eu comme qui
dirait une attaque ; je lui dis bien poliment d'aller d'abord
chez le patron, et qu'il viendrait par chez nous ensuite, et
je m'acheminai jusqu'à notre maison, pour aller tâcher de
reconsoler la vieille mère. Pour lors, qu'est-ce qui fut étonné, mes amis ? c'est moi, et vous allez voir s'il n'y avait pas
de quoi !... c'est que le médecin, M. Hubert, était presque en
même temps que moi près du lit de la mère ; — Vous avez
renoncé à votre visite, que je lui dis, et vous avez eu tort
Monsieur, car, sans vous commander, le patron doit passer
avant nous. — Oh, que non pas ! qu'il me fait ; j'allais partir pour me rendre à l'usine, quand un enfant du village est
venu me dire que Claude Morand allait mieux, et qu'une
affaire pressée l'appelait au dehors. — J'étais un peu malin ;
c'est-à-dire qu'à force de réfléchir à part soi, on arrive quelquefois à trouver des choses, quoi ! Je demande, sans en
avoir l'air, le nom du gamin qui lui a dit cela, afin de le
faire causer, et j'apprends de la bouche même de l'enfant
(c'est le petit à Toinette), que notre patron s'en était allé
très vite sur le chemin qui quitte le village, et qui conduit
en rase campagne. — Et t'as pas été curieux de voir où le
patron allait, mon petit ? que je demande à l'enfant.

— Oh ! si ! qu'il me fait, j'ai couru de toutes mes forces ;
mais, quand j'ai vu qu'il allait par trop loin, je suis monté
tout en haut de la roche grise qu'est loin, comme vous savez.
Finalement, j'ai vu (c'est le petit qui parle), j'ai vu le patron
de l'usine s'arrêter tout à coup et s'asseoir sur le chemin
comme un homme fatigué ; alors, un autre homme, qui m'a
paru bien délabré dans son costume, est arrivé de je ne sais
où. De si loin, ils paraissaient très petits tous les deux ; mais
je n'ai pas attendu longtemps, la nuit allait baisser ; qu'est-
ce que ça me faisait à moi ! j'ai pris mes jambes à mon cou,
et je suis revenu au village, même que la mère m'a rudement grondé... Vous voyez, mes amis, ajouta le bonhomme,

que je ne m'étais pas trompé en présumant que le patron reçoit de quelqu'un les nouvelles de ce qui se passe hors de chez nous !...

— C'est tout ? demanda Bernard.

— Quoi, tout ? C'est pas assez ? répondit assez brusquement Jean Faroux.

— Ah ! mon vieux, quand tu n'auras pas plus de renseignements que ça à nous donner, tu pourras bien garder ta langue pour manger tes choux ! ajouta Bernard, en se levant de table et en décrochant son chapeau qui était pendu au-dessus de sa tête. Allons, vous autres, il est l'heure de rentrer, ne mécontentons pas le patron.

— Oui ! dirent quelques-uns en prenant vite leur chapeau.

— Allons, dit Forey, faut pas le brusquer, le patron ; il n'est pas méchant, au fond ; faut pas l'exciter comme on ferait à un chien en colère ; on a dîné : houp ! partons !...

Tous se levèrent et reprirent le chemin de l'usine. En ce moment, le voyageur revenait à petits pas, la tête basse et comme plongé dans ses réflexions. Quand il releva son front pensif, il s'aperçut que le père Fabien le regardait, debout sur le seuil de sa porte. Une lueur fugitive traversa son visage pâle. Peut-être était-il contrarié de penser que le bonhomme, avec son malin regard, lisait jusqu'au fond de son âme ; mais il fit cette réflexion, que c'était impossible, au seul examen de la figure bonasse de l'aubergiste, et notre voyageur entra d'un pas tranquille, sur l'invitation que lui fit le père Fabien.

— Enfin, vous voilà, Monsieur !... vous avez été bien bon vraiment de vous occuper si longtemps de cette pauvre Antoinette !... vous offrirai-je à dîner ?...

— Oui, je dînerai volontiers, mon ami ; mais je n'ai rien fait d'extraordinaire en portant sur son lit cette pauvre vieille... elle n'est guère lourde !

— Oui, la maladie l'a minée, et le chagrin peut-être aussi,

Auparavant c'était une forte femme; si vous l'aviez vue!...
C'est égal, ce n'était pas à un monsieur comme vous de
prendre dans ses bras une pauvre folle; Bernard l'aurait
bien fait, lui!... ah! il est fort, Bernard, et c'est un bon
enfant!... Que vous servirai-je, voyons : du lard, des choux?
non, une omelette? un morceau de jambon?...

— Rien de tout cela, mon ami, un potage et un œuf me
suffiront.

— Monsieur! ah par exemple! vous n'allez pas vous
asseoir comme ça à la table des ouvriers!

— Pourquoi cela?

— Pourquoi! pourquoi!... parce que ce n'est pas conve-
nable, parce que... elle n'est pas propre cette table..., enfin,
puisque vous le voulez, c'est bon!... vous n'êtes pas fier,
c'est beau ça!... Je vais vous servir une bonne soupe, vous
m'en direz des nouvelles!... et je me rappelle qu'il me reste
du canard que je me ferai un honneur de vous apporter...
permettez qu'au moins j'essuie cette table... là..., là!...

— Je vous répète, mon ami, que je n'ai pas besoin de
tant de choses, et vous me ferez plus de plaisir en causant
avec moi, qu'en me servant un repas copieux.

— Pour lors, je suppose que vous avez quelques renseignements à me demander; et, quoique je ne sois pas un savant
comme Claude Morand, si je suis capable de vous répondre,
votre serviteur! Victoire! viens ici, ma fille, apporte vite la
soupe que tu mettras dans la petite soupière bleue... tu entends... puis, tu apporteras le restant du canard! en attendant, va chercher la soupe!... dans la petite soupière
bleue!... Et Monsieur, je suis bien à votre service à présent;
que désirez-vous savoir?

— Mon Dieu, je vais donc passer pour un curieux! vous
ne devez pas ignorer qu'un voyageur demande à s'instruire.

— Ah! par exemple! si vous voulez connaître ce qu'il y
a de remarquable dans ce pays, je vous préviens que vous

faites un four, comme dit l'autre, mais un four complet !...
Si l'en fait de four, il y en a un à plâtre, un peu plus haut !...
ah !... ah !... ah !... je cultive autant le colombourg que mon
champ de pommes de terre ! mais vous ne riez pas, donc je
vous fatigue, c'était à présumer. Pour le discours, je ne
brille pas comme Claude Morand, ça c'est connu !

— Qu'est-ce que c'est que Claude Morand que vous vantez
tant, mon ami ?

— Dame ! Claude Morand, c'est d'abord l'enfant du pays...
nous avons été gamins ensemble... puis c'est le plus riche,
à coup sûr !... mais, c'est à savoir si c'est le plus heureux !...
il a fait construire cette belle usine qui est de l'autre côté
de notre ville. Finalement, Claude Morand occupe une cen-
taine d'ouvriers pour la fabrication des ustensiles de toutes
sortes. Cependant, Claude Morand ne paraît pas heureux
avec ses écus ; il n'a point de femme sous son toit, et, par
conséquent, pas d'héritiers à qui laisser sa fortune ; ça doit
être dur d'amasser ainsi pour soi tout seul !...

— Et quels sont les autres habitants respectables de ce
pays ?...

— Pour commencer, je citerai M. Hubert, le médecin, et
comme qui dirait la providence du pays ; lui ! oh ! pour celui-
là, il n'est pas né ici, il n'y a guère de temps même qu'il
est installé dans ce pays ; mais faudrait être ingrat pour ne
pas reconnaître qu'il a fait du bien à chacun... Mangez donc,
Monsieur... Victoire ! du bon vin !... Je disais donc que
M. Hubert (nous ne lui connaissons point d'autre nom) était
arrivé tout à coup par ici, au temps de la moisson. On n'est
pas souvent malade, par ici ; l'air du bon Dieu nous fortifie
heureusement, mais il y a quelquefois des maux inévitables,
comme des chauds et froids, ou des fièvres, ou des nouveau-
nés qui ne sont pas forts... finalement, ce bon M. Hubert est
arrivé dans un mauvais moment, où il y en avait quatre dans
nos maisons qui grelottaient de fièvre... et que ça aurait pu

tous nous gagner!... Il paraissait avoir eu des chagrins, ce pauvre M. Hubert... il était pâle comme vous voilà!... Mais mangez donc, Monsieur, vous êtes tout pensif!... est-ce que vous m'écoutez?...

— Vous disiez, mon ami, que ce pauvre M. Hubert paraissait éprouver quelques chagrins en arrivant ici?

— Oh! oui, par exemple! car, sans être curieux, on aime bien savoir, histoire de pouvoir renseigner les autres ensuite!... M. Hubert arrivait dans le pays avec sa mère qui en avait soin comme d'un petit enfant. Mais, à l'envers des autres femmes, Monsieur, cette vieille-là ne bavarde jamais!... muette comme une poule, Monsieur, quand il s'agit de connaître ses affaires; impossible de la faire parler! Enfin, chacun a ses manies; il a bien fallu passer par son silence, dans la crainte de la mécontenter. Mais, souvent, à la nuit, nous l'entendions pleurer, ce pauvre cher homme! oui, Monsieur, pleurer comme un enfant à qui on refuse sa tartine; et, sa bonne vieille mère lui disait des mots en douceur, comme en disent les mères qui consolent leurs petits. Cependant, voilà longtemps qu'il ne pleure plus, comme s'il en avait pris son parti. Pourtant, l'air du pays ne lui a pas donné de couleurs; il est comme un convalescent toujours! du reste, aussi pâle de visage que Mlle Ursule.....

— Et cette Mlle Ursule, qui est-ce?... Vous contez très bien, mon ami.

— Vous êtes bien obligeant, Monsieur, je voudrais que vous me fassiez le plaisir de goûter à ce beurre, tout frais battu!... Allons Victoire, quelques cerises, ma fille... vite!... Je vous ferai observer, Monsieur, que Mlle Ursule est la seconde personne qui soit arrivée dans ce pays comme paraissant avoir eu des chagrins; car, sans rien dire, et sans être savant, ça se reconnaît, rien qu'en voyant la personne lever les yeux au ciel, pousser de gros soupirs, ou bien pleurer dans la solitude. Oui, c'est comme cela qu'elle

arriva ici, cette pauvre Mlle Ursule, il y a huit ans, deux ans
après M. Hubert. Elle n'avait pas un gros bagage; cependant,
elle avait pas mal d'argent, faut croire, car elle a fait bâtir
ici une espèce d'école enfantine comme il y en a dans les
villes; elle aimait les enfants; elle les attirait toujours autour
d'elle; et c'est elle qui leur faisait la classe tous les jours.
Autrefois, par ici, c'était pauvre, et tous étaient cultivateurs
de leur bien; M. Hubert est venu nous soigner, Mlle Ursule
nous instruire, Claude Morand s'est imaginé avec son usine
de nous donner de l'occupation et du pain plus facilement
gagné qu'à la sueur de notre front. Ça a donné de l'anima-
tion au pays, ça l'a fait vivre enfin !

Puis, Froissard (celui-là un enfant du pays ; mais qui était
parti tout jeune pour Paris), Froissard donc, qui nous est
revenu presque en même temps que Mlle Ursule, et qui nous
a dit à tous : « Mes amis, j'avais eu le tort de vous quitter,
pensant faire fortune dans la grande ville, mais, si j'ai
gagné quelque chose, j'ai perdu mes illusions ; à cette heure, je reviens au pays pour ne plus le quitter ; j'ai été notaire là-bas ; c'est moi qui vous dresserai pour rien tous les
actes dont vous aurez besoin. » Voilà ce qu'il nous a dit
Froissard, et ça enrichit le pays d'un notaire. Il faut avouer
qu'avant, on n'avait jamais de chicanes, et qu'il en est survenu
tout à coup. Les uns voulaient se marier en communauté de
bien ; les autres voulaient avoir un contrat en règle. Des
chicanes, quoi !... Puis, quelques gros horticulteurs et cultivateurs se sont disputés pour un pouce de terrain. Alors,
Victor Durieux, qui avait été au loin aussi, pour apprendre
quelque chose, et qui était revenu au pays pour planter ses
choux, a vu la nécessité de s'y établir à titre d'huissier, et
c'est lui qui, de bon office, débrouille savamment les chicanes. Enfin, mon fils Hector Fabien (que j'aurai l'honneur de
vous présenter, Monsieur, parce qu'il vous sera sûrement
utile, puisqu'il rase et coupe les cheveux très agréablement),

mon fils aîné a jugé nécessaire d'ouvrir une petite boutique
de barbier... (c'est la porte à côté...) de sorte qu'avant, on
était des vrais paysans, mais que maintenant les lumières
du siècle nous gagnent comme dit l'autre, et que j'ai raison
d'appeler notre pays une petite ville, puisqu'il y a : un médecin, un notaire, un huissier, une maîtresse d'école que
j'allais oublier, un barbier donc! et pour la fin, votre humble serviteur, seul aubergiste de l'endroit ; vu qu'il ne descend presque jamais de voyageurs par ici, tellement c'est
retiré.

L'étranger écoutait ces choses dites si simplement, avec
un visible intérêt. Par moment, sa physionomie impassible
laissait apercevoir ses impressions, comme le ruisseau qui
reflète tantôt les nuages, tantôt l'azur du ciel ; ses yeux
grands, bruns et doux, avaient parfois des lueurs qui ne les
durcissaient pas, mais leur donnaient les reflets du dia-
mant. Il caressait souvent de sa main fine et blanche, qui
décelait sa race, sa moustache longue et soyeuse, d'une couleur d'un noir bleuâtre qui tranchait sur son visage de
marbre pâle, où courait, à l'endroit des tempes, un fin réseau
de veines, sous sa peau transparente. Ses cheveux noirs,
abondants, naturellement ondulés, étaient rejetés en arrière
par l'habituelle occupation de sa main droite, lorsque sa pensée errait dans les nuages.

Il était trop grand peut-être, car il se tenait un peu voû-
té, comme si le poids de son front l'eût entraîné vers la terre ; cependant, son regard était ordinairement levé vers le
ciel, mais c'était dans ses moments de ravissement ; le plus
souvent, la tristesse, une sorte de lassitude et de décourage-
ment, le forçait à marcher le corps penché en avant, comme
ces tiges trop faibles qui ont poussé sans tuteur.

Son nom, nous le dirons plus tard, dans la suite de ce
récit.

En ce moment, il écoute le père Fabien, tout en étant un

peu renversé sur son banc, et le dos appuyé au mur. Il n'est
pas difficile de s'apercevoir qu'il rêve beaucoup, car ses
regards sont si distraits, que le brave aubergiste s'inter-
rompt encore pour lui demander :

— M'entendez-vous au moins, Monsieur ? est-ce que je
vous fatiguerais ?... Oh ! dites-le sans vous gêner, allez ! ça
n'a rien d'étonnant, du reste.

— Non, mon ami, répond aussitôt le voyageur, rappelé à
la réalité ; je n'ai pas perdu un seul mot de tout ce que vous
m'avez dit, et, si vous n'êtes pas fatigué.....

— Est-ce que le ruisseau se fatigue de couler ! la pie, de
jacasser, et la vieille femme, de bavarder ? allons donc !.....

— Alors me direz-vous à présent quelle est cette vieille
femme que je viens de secourir, et qui a une aussi jolie
petite-fille ?

En achevant ces mots, le jeune étranger se courba un peu
sur la table, le coude appuyé et le menton dans sa main :
cette fois il ne rêvait pas, il paraissait prêter une vive attention.

— Le fait est, reprit le père Fabien, que je ne sais pas
comment j'ai pu omettre de parler de la vieille Antoinette,
attendu que c'est la première étrangère — aussi loin que je
me rappelle, — oui, la première qui ait paru au pays. Il y a
dix-huit ans sonnés — car c'était aux vendanges, et vous
voyez que nous sommes en automne, — une femme entra
subitement au village par ce petit coteau qui tourne là-bas,
le même d'où vous êtes descendu aujourd'hui. Je disais donc,
qu'une femme apparut : c'était Antoinette. Elle n'avait point
ces cheveux gris, ce visage de marbre ; elle n'était pas mai-
gre et sèche comme une herbe coupée ; elle était au contraire
une belle et forte créature, dans toute la force de l'âge ; sa
figure rose comme une pêche mûre, ses yeux et ses cheveux
noirs comme l'aile du corbeau ; cependant elle avait quelque

chose qui n'était pas naturel dans son regard et son sourire; elle inspirait presque la méfiance... du reste, tout le
monde ici l'a éprouvé comme moi.

Elle parla d'une voix rude à un vieux de ce temps-là, le
bon Michel — que Dieu ait son âme, car il est mort, — et
elle lui dit : « Je suis de loin, j'arrive harassée; je viens me
fixer pendant quelque temps, où pourrai-je demeurer?... »
Le vieux Michel l'emmena chez sa sœur Gertrude — qu'est
morte aussi! — et comme elle vivait seule, que sa cabane
était grande, Gertrude offrit à l'étrangère une place dans sa
demeure.

L'étrangère accepta. On apprit tout simplement qu'elle
s'appelait Antoinette et qu'elle était la veuve d'un bracon-
nier; elle n'avait qu'un fils qu'elle adorait, mais qui vivait
toujours en voyage, ce qui la désespérait : elle ne dit rien
de plus; du reste, elle était douce et complaisante avec chacun, et elle aidait Gertrude dans les soins du ménage, disant
qu'elle était plus forte qu'elle. En effet, si vous l'aviez vue
traverser le village avec un baquet de lait sur sa tête! ou
bien, relevant à elle seule les arbustes que le vent d'hiver
déracine souvent par ici! de si forts, qu'il faut plusieurs
jeunes gars pour les redresser!... Finalement, il y avait au
moins six mois qu'elle était chez Gertrude, quand on vit
descendre, tout courant, un grand diable d'homme en
blouse bleue sale, coiffé d'un chapeau marron, enveloppé
d'un vieux manteau dont il relevait un pan pour cacher
quelque chose qu'on ne savait d'abord pas ce que c'était,
mais qui se mit à crier : c'était un enfant!...

Vous avez tressailli, Monsieur, comme si je vous avais
fait peur, n'est-il pas vrai? C'est que, voyez-vous, c'est pas
mal émouvant ce récit-là, comme vous voyez. Donc, ce grand
diable d'homme qui fit peur aux enfants — même que Bernard, qui était gamin alors, se sauva à toutes jambes, — ce
grand diable d'homme demanda après sa mère, Mme Antoi-

nette, et que c'est le père Faroux qui le conduisit chez la
vieille Gertrude.

Par délicatesse, Gertrude s'en alla dehors, car elle vit
bien que sa présence gênait la mère et le fils. C'est qu'Antoinette en faisait, des cris! et le grand diable d'homme lui
parlait durement!...

Bref, quand Gertrude rentra chez elle, c'est qu'elle eut vu
le vilain homme disparaître à grandes enjambées; mais il
n'avait plus son paquet, et qu'il n'y avait rien d'étonnant à
cela, puisque Gertrude, en entrant, aperçut un mioche qui
braillait sur les genoux d'Antoinette, et ce mioche, c'était
la belle petite Reine que vous avez vue aujourd'hui, Monsieur!

— Sa petite-fille? demanda vivement l'étranger.

— Dame, Antoinette a dit : C'est ma petite-fille que mon
fils m'apporte comme çà à élever; sa femme étant morte, il
ne peut s'en charger, me voilà embarrassée d'un nourrisson!...

Et qu'il faut rendre justice à Antoinette, c'est qu'elle a
joliment bien élevé sa petite-fille. Elle avait été éduquée à la
ville, cette femme-là, ça se voyait, et qu'elle était bien pen-
sante surtout. Enfin, la petite Reine grandit comme la marguerite de nos prés; elle eut vite rattrapé les autres en
finesse et en beauté. Quand Mlle Ursule arriva au pays,
c'est Reine qui fut sa meilleure élève, et aussi la plus douce
pour chacun. Malheureusement, il y a deux ans, il est arrivé un malheur à sa grand'mère; elle a dû apprendre de
mauvaises nouvelles de son gueux de fils, car elle est tombée dans une drôle de maladie, comme personne n'en a eu
de pareille et que M. Hubert n'a pas seulement pu guérir;
et, au bout de cela, la folie! oui, monsieur, la vieille Antoinette est folle à cette heure, comme vous avez pu le voir,
puisqu'il lui prend des fantaisies bizarres de se jeter du haut
de la colline.

Mais je vous fatigue, hein? faut le dire, Monsieur, je me
tairai.

— D'où lui vient donc, mon ami, ce magnifique tableau
qui est dans sa chambre? Oh! quelle belle toile!...

— Ça, pour une belle peinture, sans m'y connaître, Monsieur, je suis de votre avis, mais le drôle de l'affaire, c'est
qu'elle a été apportée par ici, un soir d'hiver qu'il faisait
déjà nuit depuis longtemps. Gertrude nous a dit que le grand
diable d'homme avait tout à coup ouvert la porte, et secoué
sur le seuil son manteau plein de neige. Mais, sans vouloir
s'arrêter, malgré le temps, sans regarder même sa petite
fille qui dormait, sans répondre aux cris de la pauvre bonne
femme sa mère, il avait posé cette grande toile enveloppée
d'un sac gris, sur le pied du lit, puis une grosse bourse en
cuir qui sonna en tombant sur la table. Et il était parti! on
ne le revit plus.

Antoinette accrocha le portrait qui est celui d'une belle
femme, morbleu! et nous dit : « C'est la femme de mon fils,
la mère de la petite Reine »; puis, elle ouvrit la grosse bourse et voulut donner l'argent à Gertrude, ce que la vieille
n'accepta point. Alors, elle fit arranger la maisonnette; elle
acheta un arpent de terre, une vache brune, des poules, des
lapins, et les deux femmes vécurent à l'aise avec l'enfant qui
grandissait.

Pour lors, Monsieur, je n'ai plus rien à vous conter je
crois. Cependant je ne vous ai rien dit de monsieur le curé
et de monsieur le maire, qui sont les deux amis, de l'autre
côté du village. C'est pas qu'il n'y ait rien à dire contre eux,
au contraire; car, si on entreprenait de raconter tout le bien
qu'ils ont fait à eux deux, faudrait des heures, Monsieur, et
cela vous fatiguerait.

Notre maire — vous irez le voir, ça se doit, d'abord, —
c'est un homme qui n'est pas de chez nous, mais qui est
vite devenu le père du pays. Il avait une bien mignonne

petite femme qui s'est envolée vers le bon Dieu comme une pauvre fauvette. En ce temps-là, monsieur le curé est accouru pour le consoler, ce pauvre cher homme, et c'est comme ça que le maire et le curé sont devenus de grands amis.

Au matin, quand Madeleine, la vieille servante du curé, balaie le seuil de la porte du presbytère, et appelle les enfants du village, faut voir comme ceux-ci accourent vite pour recevoir des tartines de confiture, ou des pommes rouges, quand c'est le temps, ou des marrons, l'hiver ; sais-je, moi..., continua l'aubergiste ?

Et, en face, chez le maire, quand la servante sort — elle s'appelle Germaine celle-là, et c'est une filleule pauvre que notre maire a adoptée —; quand elle sort, la grosse Germaine que plus d'un gars voudrait épouser, mais qui a juré de ne point se marier, faut voir arriver gaiement les oiseaux à qui elle donne à manger ; Madeleine cause avec elle comme une amie ; les vieux la saluent avec respect ; les femmes ont toujours grande envie de s'arrêter près d'elle pour lui demander des conseils sur ceci et cela ; bref, Germaine fait honneur au pays. Et, il faut voir aussi le curé avec son grand chapeau rond, et le maire avec sa toque noire, s'en aller bras-dessus, bras-dessous, voir les malades, et dire des bons mots à chacun.

Victoire s'approcha en ce moment de son père, qui était si bien en train de bavarder, et elle lui dit quelques mots à l'oreille.

—Excusez-moi, Monsieur, dit alors le bonhomme, il paraît que Claude Morand me fait demander, et que c'est pressé. Vous savez, Monsieur, quand on a été gamins ensemble, on ne saurait rien refuser. D'autant, que je vous ai passablement rebattu les oreilles, et que vous allez vous reposer avec plaisir, n'est-ce pas ?...

Le voyageur se leva distraitement, et suivit Victoire derrière la porte vitrée, qui, cette fois, retomba sur lui aussitôt, sans interruption comme quelques heures auparavant.

CHAPITRE IV

Voici la lettre que l'étranger écrivait quelques jours après son installation à l'auberge du *Mouton Blanc*.

> Du fond de la Vallée, ce 9 septembre 18...

> » Mon cher Antoine ,

» Je ne fais que dater » ma lettre, sans y mettre le nom du village où je suis des-
» cendu. A quoi bon? son nom est si modeste que nul n'y
» a fait attention sur la carte, et l'histoire n'a jamais parlé de
» lui.

> » J'ai mis : *du fond de la Vallée*, et c'est bien en effet la
» singulière position qu'occupe ce pays, à peu près comme
» un vaste entonnoir, tout en haut des montagnes ; on dirait
» un trou ! Il y fait très chaud, quand le soleil darde au-des-
» sus, mais le vent y souffle parfois avec fureur.

» Cependant, c'est un joli pays, je t'assure. J'ai beaucoup
» voyagé ; j'ai été du nord au sud, j'ai franchi les mers ; tu
» sais tous les sols que j'ai foulés, tous les pays que j'ai par-
» courus, demandant à chacun le calme, la paix, le bonheur,
» l'oubli des grands maux qui sont tombés sur ma famille...
» Nulle part je n'ai trouvé un nid aussi paisible, aussi calme
» que ce modeste trou d'où je t'écris.

» Ne te récrie pas, cher ami, et ne trouve pas si étonnant
» que je goûte ici quelque fraîcheur ; car, pour celui qui ne
» respire que la poussière de Paris, qui se coudoie chaque
» jour avec tant d'individus si peu faits pour inspirer la
» confiance, il est doux, je t'assure, de trouver dans un coin
» perdu de la terre, des êtres simples, bons et inoffensifs....
» oui, ceux-là ne songeront pas à s'ameuter comme une
» bande de loups affamés, après un pauvre héritier comme
» moi. Triste héritier, qu'en dis-tu ? qui ne sait plus où est
» le pur blason de ses pères, depuis qu'un mécréant est venu
» le voler !

» Mais, loin de moi cette irritation qui ne sert à rien ; je
» t'écris aux dernières clartés du jour, devant une fenêtre
» qui donne sur une belle campagne. Et pourtant, l'hiver
» est à la porte, qui nous menace ; bientôt la prairie se cou-
» vrira d'un blanc linceul, la vigne qui ploie devant la porte
» sera toute blanche aussi, et le vent secouera les jeunes
» sapins que j'admire en ce moment.

» Mais, revenons aux choses matérielles, puisque, hélas !
» les choses de la terre le sont toujours.

» J'habite chez un brave bonhomme d'aubergiste, qui veut
» absolument que son village soit une ville, parce qu'il y a
» un médecin, un maire, un curé, un notaire, un huissier,
» un barbier et sa seule auberge, la seule sans rivale au
» moins. Ai-je parlé de l'école ? Il y en a une, mon cher,
» fondée et dirigée par une pauvre fille qui me rappelle l'An-

» gleterre, avec son visage pâle, ses cheveux filasse et son
» air placide.

» Si j'ai dit « pauvre fille », ne va pas te méprendre sur
» ces mots, car elle est au contraire assez riche pour faire
» beaucoup de bien par ici. Cependant elle a dû être, comme
» moi peut-être, rejetée du sein de la société des villes, jus-
» que dans ce paisible vallon. Sa figure témoigne une grande
» douleur éteinte, ses regards sont calmes comme le ruis-
» seau qui ne reflète plus rien. Oh ! par exemple, j'allais
» oublier de te dire que j'avais un ami — n'en sois point
» jaloux, cher Antoine —. Le mot douleur me l'a rappelé.

» Il a eu de grands chagrins, ce cher Hubert ; un élan de
» cœur me les a révélés. Figure-toi d'abord que cet excellent
» ami est le médecin ou la providence de ce village, ce qui
» est la même chose. Je l'ai rencontré au chevet d'une pauvre
» femme malade, qui est soignée par la plus adorable petite
» créature que tu aies jamais vue. Cette petite créature
» s'appelle Reine, et elle en a la démarche et le port majes-
» tueux... Mais, où en étais-je ?... Ah !... ce brave Hubert se
» rencontre donc avec moi au chevet de la grand'mère de
» Reine.

» D'un long et muet regard nous nous observons tous
» deux ; puis, dans un transport inexplicable, nous nous ten-
» dons la main. Nos regards nous avaient faits amis, avant
» que notre poignée de main nous ait unis. Oui, explique-toi
» comme tu pourras cette sympathie étrange de l'être
» humain, qui jaillit du cœur comme une étincelle.

» Il est plus jeune que moi, un peu plus petit, et blond de
» cheveux.

» Rien ne reflète mieux le ciel que ses yeux bleus, son atti-
» tude est celle d'un homme qui pense beaucoup.

» Il s'est mis au service de tous, et sa charité est ardente
» comme son cœur. Il y a des âmes qui sont des sœurs, tu
» sais cela, toi, mon cher Antoine, qui as toujours si bien

» sympathisé avec moi. Oh! que l'amitié est une belle chose,
» et comme elle nous aide à traverser les plus mauvais pas-
» sages de ce te vie! Il me semble que même ici, je serais
» trop seul si je ne causais pas avec toi. Hubert et moi nous
» parlons de toi, n'entends-tu pas sonner tes oreilles : ou
» plutôt, c'est moi qui lui parle sans cesse de mon meilleur
» ami en ce monde...

» Ici, ma lettre a été interrompue, et je la reprends à la
» date du 12. Je ne sais quand elle te parviendra, et je crois
» bien qu'elle aura le temps de se grossir comme un journal;
» n'importe, la conviction que tu liras un jour mes pensées,
» est une joie au milieu de toutes mes tristesses.

» Je suis vraiment au bout du monde, c'est peut-être ici
» le bout de la terre. Aucune rumeur lointaine n'arrive jus-
» qu'à nous. La vie des gens de ce village s'écoule comme
» le petit ruisseau qui le traverse, toujours uniforme, tou-
» jours paisible. Mon brave aubergiste se lamente de voir
» que *sa ville natale* n'a ni port, ni chemin de fer ; il ne
» comprend pas au contraire que c'est ce qui en fait le
» charme. Ah! que n'es-tu ici, mon cher Antoine!... Je ne
» sais combien de temps je vais y rester, tu m'as toi-même
» appelé l'oiseau sur la branche... et cela me fait souvenir
» qu'il y a bien longtemps que j'ai quitté mon vieux nid...
» le nid de mes pères !... pauvre nid !... Tiens, tu sais que
» je ne puis résister à l'entraînement de mes pensées mélan-
» coliques, et il y a tant de mélancolie, ce soir, répandue
» sur cette belle nature, que je ne puis fuir mes souvenirs...
» Je vois, aux rayons éblouissants de la lune argentée, notre
» vieux château, avec ses deux grandes tourelles, son
» pont-levis et ses fossés pleins de gazon... Je revois la belle
» terrasse garnie de plantes vertes, où chaque soir la blan-
» che apparition de ma mère venait s'appuyer pour rêver.
» Oui, cher ami, cette ombre chère et vénérée semble volti-
» tiger devant moi, à la douce clarté de la lune, et tout ce

» qu'elle éveille de souvenirs !... Ah !... c'est un monde de
» fantômes adorés et charmants qui vont noyer mon âme
» de tristesse !... Moi, enfant, accroché aux jupes de ma
» mère, quand je m'efforçais par mes cris et mes trépigne-
» ments d'attirer son attention sur moi, et quand elle me
» prenait entre ses bras si caressants, quel bonheur je sen-
» tais, qu'un petit garçon ne pourrait exprimer, mais que
» l'homme qui se souvient sait bien comprendre !

» Puis, voilà que je revois la meute de nos chiens partant
» pour la chasse, et mon père avec son front si noble et si
» grave venant nous embrasser tous deux ; mais, ce n'est
» plus pour la chasse que je le vois partir, c'est pour la
» guerre !... et j'entends les cris déchirants de ma pauvre
» mère... Il fut longtemps, longtemps loin de nous. Et quand
» il revint, ma mère était morte comme la fleur qui se des-
» sèche sur sa tige ; ses pleurs l'avaient flétrie, elle s'était
» éteinte quand j'étais encore tout enfant.

» Je crois que la douleur de mon père fut vive, mais il la
» renfermait si bien dans son cœur, que je n'en découvris
» jamais la moindre trace sur son visage. J'avais grandi
» comme l'herbe qui pousse si vite, mais mon adolescence
» était chétive ; mon âme attristée de l'absence de ma mère
» errait sur la terrasse et les jardins, se lamentant sans
» cesse. Mon père s'effraya de mon dépérissement, et il
» m'envoya à la ville, dans ce froid et sombre collège où s'est
» écoulée notre jeunesse à tous deux. Cher Antoine, tu te
» souviens que nous fûmes amis bien vite; tu avais le don
» de sécher mes pleurs et de faire entendre une voix raison-
» nable à mon cœur désolé. Tu secouais en moi l'étincelle de
» vie, tu attisais le feu sacré, tu créais devant mes yeux
» obscurcis un horizon de gloire, digne du nom que je por-
» tais. Un de Montébrigo ne pouvait pas rester obscur, me
» disais-tu ; j'entendais bruire à mes oreilles attentives les
» fanfares guerrières de mes aïeux. Tu cherchais surtout à

» consoler de la froideur inexplicable de mon père qui me
» tenait toujours loin de lui. Il y avait près de sept ans déjà
» que j'étais dans ce collège ; chaque année il m'envoyait de
» l'argent, des livres et ses paternels encouragements; mais,
» de me faire sortir de là, il n'en parlait jamais. Le jour où
» j'allais entrer dans ma vingt et unième année, il m'écri-
» vit que les portes du collèges me seraient ouvertes lorsque
» sonnerait l'heure de ma majorité. Je serais libre !... cette
» pensée me ravissait, et tu sais que ma première pensée
» était de courir dans les bras de mon père... mais, un peu
» plus loin dans sa lettre, il m'apprenait qu'il s'était rema-
» rié !... remarié !... que de douleur dans ce seul mot !... il
» me semblait que mon cœur était oppressé par un poids
» énorme, toutes les larmes de ma mère tombaient sur moi ;
» sa voix si douce me suppliait de ne point donner le nom
» de mère à celle qui la remplaçait. Alors, j'écrivis à mon
» père que je ne remettrais jamais les pieds sur ce sol que
» le pied de ma mère avait foulé, du moment qu'une étran-
» gère avait pris sa place; je la maudissais ! je la maudissais
» doublement, puisqu'elle me priverait à jamais d'embras-
» ser mon père.

» Il était sévère, mais un peu faible pour moi, car il me
» répondit une lettre pleine de reproches bien mérités, mais
» au travers desquels on sentait la douleur que je lui cau-
» sais. Il m'expliquait son mariage, me disant qu'il était
» seul dans la vie, lorsqu'une douce et belle jeune fille avait
» bien voulu partager sa solitude et l'aider à supporter le
» poids de l'existence. Il me dit « qu'elle était un ange du
» ciel qui ne méritait pas d'être maudite par moi... » mais
» rien ne me toucha; ces paroles m'irritèrent au contraire,
» et je voulus user de ma liberté en voyageant. Tes occupa-
» tions nouvelles te retinrent à Paris; moi, riche, le cœur
» attristé dès mon enfance, je voulus faire le tour du
» monde.

» Un jour, deux ans après, j'étais en Italie, une lettre
» bordée de noir m'apporta une terrible nouvelle : mon père
» se mourait !... J'accourus... tremblant, craignant d'arriver
» trop tard ; je revis les vieux serviteurs de ma famille vêtus
» de noir, mais cette livrée de deuil qui m'inquiétait, c'était
» à cause de la mort de ma belle-mère qui était morte en
» donnant le jour à une fille. Qu'est-ce que cela pouvait me
» faire à moi ? Agenouillé près du lit de mon père, je reçus
» ses dernières bénédictions ; son beau visage était comme
» illuminé : « Mon fils, me dit-il, je vais rejoindre au ciel
» l'ange qui m'a soutenu à la fin de ma vie si cruellement
» éprouvée. Elle a été bonne pour moi, et m'a encouragé à te
» pardonner ; demande-lui pardon à ton tour de la douleur
» que tu lui as faite.

» J'ai une fille, ta sœur, Albert ! Jure-moi de la protéger
» et de me remplacer auprès d'elle !...

» Je fis à mon père, mourant, cette promesse, et j'eus la
» consolation de voir son dernier regard joyeux et comme
» ensoleillé. Depuis que j'ai assisté à ses derniers moments,
» mon cher Antoine, j'ai compris que la mort était sembla-
» ble au seuil d'une autre vie douce et heureuse.

» Quand tout fut fini, comme je trouvais désert et triste
» ce beau château qui avait abrité mon enfance et qui faisait
» revivre l'image de ma mère !... Avant de le quitter encore
» pour aller me plonger dans de nouveaux voyages, je dis
» adieu à la pauvre petite orpheline qui n'avait pas six
» mois ; et sur ce pauvre être si frêle, je laissai couler mes
» dernières larmes. Elles n'étaient plus amères comme au
» temps de ma jalousie au nom de celle que j'avais tant
» aimée, non, ces larmes étaient douces, et je renouvelai le
» serment que j'avais fait à mon père de veiller sur ma
» petite sœur. Ah ! si j'avais pu prévoir ce qui arriverait.

» Je ne vais pas redire mes cruelles souffrances à toi qui
» les as tant de fois entendues... mais le souvenir qui me

» retrace les scènes passées, ce souvenir me force à écrire
» ici la scène désolante qui s'offrit à mes regards, lorsque
» de terribles nouvelles me firent revenir trois mois après.
» Notre château pillé par des bandits !... noirci par les flam-
» mes !... cette terrasse en pierre s'élevant toute droite et
» isolée au milieu des ruines et des jardins désolés ! l'ortie
» et le chardon poussant jusqu'à la porte majestueuse que
» le feu avait épargnée !... partout l'image de la destruc-
» tion !... ah ! que ce retour fut pénible pour moi !... quel
» immense cri de douleur s'échappa de ma poitrine quand
» j'appris que ma petite sœur avait disparu le jour même de
» cet affreux pillage !...

    » Pauvre enfant que j'avais promis de protéger !... où est-
» elle ? J'aime à espérer qu'elle est morte ! au moins sa frêle
» jeunesse ne sera point exposée aux tempêtes de ce monde, car
» qui sait dans quelles mains ignobles elle a dû tomber ?...

    » Tiens, me voilà comme aux jours de mes douleurs pas-
» sées, inondé de pleurs, cher Antoine ! et je suis loin de
» toi !... je n'ai rien dit à Hubert... son âme blessée n'a pas
» besoin de mes tristes confidences ; nul ne saura mon nom ;
» je me fais appeler « monsieur Albert » et maintenant, je
» vais tirer un voile sur ces confidences qui m'ont encore
» échappé... La lune s'est cachée derrière un nuage ; le vent
» agite tellement le sapin qui est devant la fenêtre, que ses
» branches viennent balayer à chaque instant les volets.
» J'aime cette musique enchanteresse ; il me semble que
» c'est la voix des êtres aimés disparus...

    » Ah ! que de lieues nous séparent !... et cependant, nos
» cœurs battent à l'unisson ; c'est le doux privilège de
» l'amitié.

    » Demain, je t'enverrai cette lettre qui te donnera de mes
» nouvelles ; je ne te fais pas connaître mon adresse, car
» j'ai le pressentiment que j'irai bientôt te retrouver...

                     » Albert de Montébrise. »

CHAPITRE V

La pluie était tombée toute la nuit, avec tant d'abondance, que les chemins du village étaient détrempés ; on voyait çà et là de grandes flaques d'eau dans lesquelles barbotaient les canards de monsieur le maire ; la barrière était restée ouverte ; toute la basse-cour s'était envolée comme une troupe d'enfants piailleurs, et le cri aigu des oies et des canards finit par attirer Germaine, la filleule du maire, qui était aussi la servante de la maison.

C'était une belle et fraîche brunette, à l'œil éveillé, la lèvre souriante, de belles joues rouges comme les pêches appétissantes ; mais, au milieu de cet air riant, on ne tardait pas à voir un je ne sais quoi de ferme et de sérieux qui faisait le fond de son caractère.

Elle n'avait pas froid aux yeux, comme on dit ; mais, en même temps, ce regard-là était fort décidé, très honnête, très intelligent, sans exclure une certaine douceur, comme un atte   issement subit qui venait de temps à autre rayer son b   globe si pur. Quand elle parlait aux enfants, sa voix se faisait argentine et caressante ; quand elle s'adressait aux hommes, son timbre était sonore mais un peu dur ; et il n'y avait qu'avec les femmes que son ton redevenait enfantin.

Germaine ouvrit donc soudain la porte d'entrée et parut sur le seuil, son tablier levé, prête à courir sur le chemin pour chasser et ramener les vagabonds volatiles :

En ce moment, monsieur le curé poussait la barrière et entrait dans le petit clos. Son visage était bienveillant, en dépit du bistre et des rides qui le couvraient ; ses petits yeux noirs, très ombragés par ses sourcils gris, étaient riants ; on devinait toute une vie simple et sans passions humaines dans ces yeux-là ; ses mouvements brusques n'étaient pas ceux que les prêtres des villes savent rendre distingués et onctueux ; sa tournure était celle d'un rude campagnard ; ses longues jambes maigres étaient terminées par de grands pieds chaussés de gros souliers ; il faisait de grands pas, enjambant les mares, et son pied était aussi tout à fait montagnard.

Germaine alla au-devant de lui avec un air souriant et respectueux.

— Sans doute, dit-elle, vous voudriez voir mon parrain ; mais imaginez-vous, monsieur le curé, que je n'y comprends rien, j'allais même vous prévenir. — Figurez-vous donc que mon parrain est sorti très matin, sans rien dire, et, chose plus extraordinaire, il a laissé la barrière ouverte, de sorte que les oies et les canards se sont échappés, j'allais courir après. Il faut vraiment que mon parrain ait eu l'esprit bien occupé ce matin.

— Pauvre petite ! dit le curé riant d'un gros rire, et tapant sur la joue de Germaine ; heureusement que je viens vous rassurer...

— Vous sauriez où est mon parrain ?...

— Eh bien ! quoi !... il est chez moi, votre parrain !... il n'est pas perdu allez, soyez tranquille... Allez, ma petite,

4

courez donc après toutes ces bêtes, et quand vous les aurez
rentrées, vous viendrez à la cure recevoir les ordres de votre
parrain...

Le curé s'en alla en quelques sauts habilement pratiqués
par-dessus les mares, et Germaine s'empressa de courir légèrement sur le sentier tout couvert de boue. Quand elle eut
fait réintégrer domicile à toute la gent emplumée, elle ferma
solidement la barrière, et se mit en route pour la cure,
qu'on apercevait à peu de distance comme un nid rangé dans
les genêts verts, tout près du grand mur gris terminé par
un toit aigu, qui était l'un des côtés de l'église.

Germaine secoua ses souliers sur le seuil ; Madeleine, qui
l'entendit, ouvrit la porte. C'était une bonne vieille, encore
leste, et tout aimable :

— Écoute donc, Germaine, dit-elle en baissant la voix ;
sais-tu ce qui s'est passé ce matin ?

— Mais comment le saurais-je ! s'écria la jeune fille ; que
s'est-il donc passé, Madeleine ?

— Entre vite dans la cuisine, et sèche tes pieds, là, devant
le feu... cette pluie-là nous amène l'hiver, vois-tu... ton
parrain était ici tout au matin, c'est moi qui ai été le chercher... figure-toi, ma fille..., mais, avance donc tes souliers
qui sont tout mouillés..., oui, c'est moi qui ai été le chercher. M. le curé s'en revenait, il avait couru une partie de
la nuit sur les chemins trempés, par un temps affreux !...
qu'il m'est arrivé trempé jusqu'aux os et que j'ai eu bien de
la peine à obtenir qu'il changeât ses vêtements... tiens, ça
sèche là, devant le feu, et qu'il n'y avait pas un fil de sec !...

— Où donc avait-il été, M. le curé, Madeleine ! te l'a-t-il
dit ?...

— Ah ! bast ! si tu crois qu'il me conte comme cela toutes
ses affaires !... je sais bien que cela ne me regarde point,
mais c'est égal, j'aurais bien voulu le savoir. Dame, il faut
croire que c'était mystérieux tout de même, car il m'a ren-

voyée poliment dès que ton parrain est entré dans sa chambre, et il est allé fermer la porte comme pour me faire comprendre qu'il ne voulait pas que je vienne le déranger.

— Eh bien! ma bonne Madeleine, les affaires de M. le curé ne nous regardent point, comme tu disais fort bien tout à l'heure, et s'il veut confier un secret à mon parrain qui est son ami intime, cela n'a rien d'étonnant; ce serait mal de chercher à découvrir ce que tous les deux veulent cacher. Avons-nous besoin de traverser les secrets de M. le curé et de M. le maire? Ne sont-ils pas tous les deux plus sérieux que nous autres? C'est là tout ce que tu avais à me dire?...

— Tu vas peut-être savoir quelque chose là, puisque M. le curé est allé t'appeler.

— Quand je saurais quelque chose, si on me défend de le dire, c'est comme si je ne savais rien, ma bonne Madeleine. Mais laisse-moi monter, puisqu'on m'attend.

Et, moitié riant, moitié sérieuse, Germaine monta lentement le petit escalier de bois qui conduisait à la chambre du curé.

Elle entendit, à travers la porte, la grosse voix de son parrain qui disait:

— Ce pauvre Claude se fait des idées!... et la brave jeune fille se mit à tousser afin d'annoncer sa présence.

C'est son parrain lui-même qui vint lui ouvrir.

Monsieur le maire était le contraire de monsieur le curé. C'était un bonhomme tout rond, grand, fort, robuste comme le sapin de la montagne.

Il y a une grande différence entre le visage d'un homme des villes et celui d'un campagnard qui a passé toute sa vie au milieu de la nature; occupé de rudes travaux ayant développé son corps, mais ayant laissé son esprit droit et son cœur toujours jeune. Un air de franchise était le trait principal de sa physionomie; le second trait était la bonté, le dévouement; et si son regard brillait d'un vif éclat, on pourrait l'attribuer au désir ardent de se rendre utile à ses semblables et de se consacrer entièrement au service de tous ; c'est le portrait du plus simple mortel qui sait mourir en héros, lorsque la défense de sa patrie a su tripler son courage.

Monsieur le maire avait ouvert la porte à sa filleule ; il lui dit, sans cacher son émotion :

— Ma bonne fille, monsieur le curé et moi nous allons te donner une mission de confiance, ça te prouvera le cas que nous faisons de toi ; comme nous cherchions une fille dis-crète et dévouée, qui, au besoin, sût se tenir muette comme un poisson, nous avons pensé à toi, et c'est du reste toute jus-tice... Voilà de quoi il s'agit : — Le pauvre Claude, de l'usine, a été frappé d'un rude coup hier au soir ; des idées qu'il se fait ! et, vois-tu, ma fille, comme je le dis quelque-fois, les idées sont des mauvaises conseillères qui font tra-vailler le cerveau, si bien que la tête finit par être malade... et quand la tête est malade, le corps ne vaut pas grand'chose. Enfin, Claude Morand a une drôle de maladie ; il s'imagine que des ennemis invisibles en veulent à sa fortune, que ses ouvriers vont se mettre en grève, qu'un gredin va venir par ici pour leur monter l'esprit, les pousser à la révolte et mettre à feu et à sang tout le village. Hier soir, il a fait venir monsieur le curé et il lui a conté tout ce qu'il avait sur le cœur ; ça c'était bien, car le cœur a besoin de se décharger de temps en temps ; puis, il est entré dans un état de délire qui lui faisait débiter mille folies. Monsieur le curé, qui a plus de bon sens que moi, a pensé bon d'éloigner tout le monde de son chevet, afin que toutes ces folies n'aillent pas courir le village, ce qui effrayerait les esprits faibles, et cela pourrait donner des idées à ceux qui n'en ont point. Il faudrait donc au bonhomme, pendant le temps de sa maladie, une bonne petite garde-malade sage, attentive, veillant seule, écoutant seule toutes ces billevesées enfin, et gardant

pour elle seule tout ce qu'elle aurait entendu. Il n'y a que
toi, ma petite, qui soit capable de remplir ce rôle, et je veux
bien me priver de tes services pendant quelque temps, pour
ce pauvre diable de Claude.

Germaine répondit avec un regard humble:

— Merci, mon parrain, de l'éloge que vous voulez bien me
faire; vous êtes trop bon vraiment, et je ferai tous mes
efforts pour en être digne. Mais..., qui vous soignera pendant mon absence?... qui fera votre dîner?,... qui aura soin
de vous enfin?... Vous vous soignez si peu!..., qu'allez-vous
devenir?...

— Ma pauvre fillette, répondit en riant monsieur le maire,
tu me ferais vraiment croire que je suis un grand enfant;
mais, rassure-toi, Madeleine n'est-elle pas là? ne sait-elle pas
soigner monsieur le curé? crois-tu qu'elle me refusera une
petite part de son temps?... Du reste, tu ne seras pas bien
des jours absente, et j'irai souvent à l'usine savoir comment va Claude. Hâte-toi, ma fille; monsieur le curé l'a
quitté quand il l'a trouvé assez calme, sur la simple promesse
qu'il allait lui envoyer quelqu'un de dévoué. Tu te présente-
ras en disant: « Je suis la personne que monsieur le curé a
promis de vous envoyer », et tu verras comme il sera con-
tent, car il t'estime beaucoup. Va, ma fille, et rends-toi à
l'usine avant l'heure où les ouvriers arrivent.

Germaine ne dit plus un seul mot; elle embrassa son
parrain, salua monsieur le curé et se hâta de regagner la
maison, sans répondre aux questions de Madeleine.

Elle eut bien vite réuni les quelques hardes qu'elle voulait emporter; et, avec un gros soupir, elle ouvrit la petite
barrière, regarda un instant son troupeau effaré et s'esquiva
rapidement, montant le petit chemin qui tournait tout en
haut pour redescendre vers la principale rue du village.

Au bout de cette allée droite, bordée de grands arbres, on
apercevait l'usine; c'était un bâtiment large, peu élevé, mais

solidement bâti. Il était tout à fait isolé des autres maisons.
Par un petit sentier, à droite, on allait dans les champs ; si
on prenait sur la gauche, on voyait la rue du village, c'est-
à-dire le sentier taillé dans le roc sur lequel étaient bâties,
à droite et à gauche, des petites maisonnettes n'ayant qu'un
rez-de-chaussée, toutes couvertes en tuiles rouges, entourées
chacune d'un grand arpent de terre ; les propriétaires de ces
maisons étaient cultivateurs ; puis, apparaissait la ferme et sa
cour principale, avec sa porte charretière, son grand enclos
et son abreuvoir au beau milieu de la cour ; la ferme était
animée, et offrait l'aspect d'une vaste ruche pleine d'abeilles.

Debout, à l'entrée de la ferme, *monsieur Albert* regardait comme un homme fatigué qui cherche à reposer sa vue
sur des choses agréables. Germaine l'aperçut et le salua
poliment.

— Bonjour, mademoiselle Germaine, lui dit d'une voix
douce le nouvel hôte du père Fabien, où allez-vous si matin ?

— A l'usine, monsieur, et je suis un peu pressée, pardonnez-moi si je ne m'arrête pas davantage.

Et la jeune fille reprit le sentier sans se détourner, hâtant
le pas.

Quand elle eut mis le pied sur la première marche en
pierre qui conduisait à l'une des salles basses de l'usine,
c'est-à-dire au cabinet où se tenait habituellement le patron,
Germaine entendit causer et reconnut aussitôt la voix de
Bernard. Cela ne l'étonna point, car elle savait que Bernard
était le favori de Claude Morand ; et vraiment, ce jeune
homme était d'un caractère si énergique, qu'il pouvait rendre de grands services à son patron.

Germaine ouvrit la porte ; Bernard parlait au docteur
Hubert qui venait sans doute de quitter son malade. Comme
la nièce du maire allait passer sans oser déranger la conversation de ces deux hommes, le docteur se retourna et lui dit
avec une extrême douceur :

— Voilà donc la garde-malade attendue avec tant d'impatience ! cela ne m'étonne pas, mademoiselle Germaine, et
voilà celui qui partage avec vous la confiance du patron... il
prenait la main de Bernard, qui regardait Germaine en
souriant.

Celle-ci rougit vivement, mais elle avait tellement l'habitude de se dominer, qu'elle ne tarda pas à paraître calme ;
ses yeux ne se baissèrent pas non plus comme ceux d'une
enfant timide ; elle supporta, au contraire, le regard de Bernard qui paraissait avoir moins d'assurance qu'elle. Au bout
d'une minute de silence, Germaine dit tranquillement :

— Et, comment va-t-il, ce pauvre M. Claude ?

— Bien... c'est-à-dire mieux pour le moment, et si le
malade se repose pendant quelques heures, si on écarte de
lui toute émotion, tout *souvenir surtout*, je suis sûr de le
sauver !... c'est donc à vous, ma chère enfant, que je remets
le soin de veiller sur lui ; vous lui donnerez d'heure en heure
une cuillerée de la potion qui est sur sa table... vous empê-
cherez que *personne*, vous entendez, personne ne parvienne
jusqu'à sa chambre... Quant à Bernard, il a reçu lui aussi
des instructions ; c'est lui qui va recevoir les ouvriers, et
leur annoncer une légère indisposition du patron ; cela pourrait faire murmurer, peut-être, que Bernard, qui est le plus
jeune, ait été chargé de la direction de l'usine, mais je crois
qu'il est généralement aimé ici, et je vais, du reste, assis-
ter à la première représentation, ajouta-t-il souriant et
s'avançant vers la porte d'entrée, car voilà les ouvriers qui
paraissent.

La cloche criarde carillonnait, annonçant l'ouverture des
ateliers ; et, de loin, au détour du sentier, on voyait toute
la bande d'ouvriers qui arrivaient en causant entre eux,
comme d'habitude ; tous pressaient le pas, ne voulant pas
mécontenter le patron.

Bernard s'avança alors jusqu'au milieu du seuil dominant

l'allée principale de toute la hauteur des trois marches en pierre.

Bernard était de petite taille, bien pris dans toute sa personne, et plutôt nerveux que robuste ; mais sa tête en imposait toujours, surtout en ce moment, car il avait une certaine façon de la tenir un peu rejetée en arrière, comme pour regarder de haut. Ses yeux n'étaient pas magnifiques, mais ils ne se baissaient jamais ; ils s'ouvraient, au contraire, avec une franchise qui frisait le dédain ; sa bouche souriait plutôt avec ironie qu'avec bienveillance ; son nez droit aux ailes très mobiles, dénotait le combat des passions qui s'agitaient dans son cœur ; tout le monde savait que Bernard était un bon garçon, mais on n'ignorait point qu'il ne fallait pas plaisanter avec lui en ayant l'air de le railler. Du reste, aucune querelle n'avait encore troublé les paisibles habitants de ce village ; car il est bon de remarquer, en passant, que les hommes qui touchent de près à la nature et vivent loin du commerce des villes, ont bien plus de douceur dans leurs mœurs ; leurs rapports dans les travaux qu'ils exécutent ensemble, sont ordinairement bienveillants.

Enfin, Bernard, qui était l'enfant gâté du pays, avait pris l'habitude de dominer sans en avoir l'air, et peu à peu cette habitude lui avait attiré les remontrances des vieux ; cependant il n'en tenait aucun compte, et ne se gênait jamais pour dire à chacun ce qu'il pensait. Claude avait compris l'intelligence de ce jeune homme, et il l'avait choisi de préférence, sûr que l'usine, en son absence, serait tenue par une main ferme.

Donc, Bernard était resté debout, au haut des marches, le front légèrement plissé, regardant venir le troupeau comme s'il le comptait.

— « Pierre Hugues ! s'écria-t-il tout à coup !

— Ah !... tiens, c'est toi qui tiens la place du patron à c'te heure ? dit en s'arrêtant le vieux Jean Faroux.

— Oui, c'est moi, répondit froidement le jeune homme.
Mes amis, ajouta-t-il en profitant d'un silence, — car sa voix
n'était pas très forte, — je vous annonce que Claude Morand
est légèrement indisposé; le docteur pense que cela ne
durera pas longtemps, mais il a bien voulu, notre bon patron,
me confier la responsabilité des travaux de l'usine; j'espère
que vous ne me rendrez pas ma tâche trop lourde, et que
vous serez toujours exacts comme de bons travailleurs qui
doivent leur temps au maître qui les paie... où donc est
Pierre Hugues?...

Un long murmure suivit cette petite harangue. Il était
facile de comprendre que quelques-uns n'étaient pas satis-
faits du choix de leur patron; enfin le plus hardi, celui qui
avait toujours la parole — c'était Jean Faroux — s'approcha
tout près de Bernard et lui cria :

— Tu m'appelles vieux loup, et moi je t'appellerai bien
jeune renard, vilain sournois !... pourquoi est-ce que tu
accapares toujours les bonnes grâces du maître? pourquoi
est-ce que tu as su te glisser si bien dans ses papiers?...
est-ce que c'est à un morveux comme toi qu'on doit remettre
le commandement?... un marmot que nous avons fait sauter
sur notre dos il n'y a pas longtemps!... c'est pas honteux
qu'on l'ait chargé de nous commander !... est-ce que c'était
pas à Forey ou à moi qui sommes les plus vieux du pays,
que le patron aurait dû donner cette charge-là?... voyons,
n'est-ce pas vrai? parlez donc, vous autres!... dites donc
comme moi ce que vous pensez !... on dirait que vous avez la
langue liée!...

— Oui, oui, il a raison !... crièrent plusieurs voix; et
comme s'il n'avait fallu que cet exemple pour donner du
courage à ceux qui avaient gardé le silence, tous les ouvriers
se mirent à crier ensemble :

— Il a raison ! nous n'obéirons pas à Bernard !...

Le docteur Hubert, qui s'était tenu tout à fait dans l'ombre, derrière la porte, jugeant que le moment était venu d'apparaître, s'avança, le front serein et calme, aux côtés de Bernard, qui ne paraissait nullement ému.

La vue subite de celui qui était aimé et respecté de tous suffit aussitôt pour amener un profond silence, et le docteur Hubert put parler sans élever la voix.

— Mes amis, je ne voulais pas d'abord vous effrayer sur l'état de votre patron, parce que je sais que vous le chérissez à l'égal d'un père; mais mon devoir m'ordonne de vous dire la vérité sur Claude Morand. Or, vous saurez qu'il a eu une attaque d'apoplexie, et qu'il est si faible et si mal en ce moment, que la plus petite émotion pourrait le tuer !... Que de remords vous auriez, mes amis, — car je connais votre cœur, — si vous aviez causé la mort de votre bienfaiteur ! Avez-vous oublié les bienfaits de Claude Morand, et voudriez-vous être ingrats ?...

Un long murmure accueillit ces paroles; chacun de ces hommes, qui avait paru vouloir se quereller un moment auparavant, laissait voir sur son visage les émotions diverses produites par les paroles du docteur.

— Oui, c'est vrai, il a toujours été bon pour nous autres ! dit une voix dans la foule.

— Je vous disais bien que le patron était de mauvaise humeur, l'autre jour, et c'était une preuve qu'il était malade encore, ajouta un autre.

— Dire que s'il avait entendu, cela le rendrait plus malade, dit une autre voix.

— Voyons, parle donc pour nous, toi qui es l'orateur; dis que nous ferons comme si le patron était là !... La parole est à Jean Faroux !...

Alors, Jean Faroux parla ainsi, sur un ton bien différent, car cet homme, d'apparence brusque et rude, était sensible comme une femme et bon comme un vieux marin :

— Oui, les amis ont raison, et je promets à notre cher

patron, je promets au nom de tous, que l'usine marchera aussi bien que s'il était là. C'était pas la peine qu'il nous mette Bernard pour nous conseiller; c'est pas à cause de Bernard que nous travaillerons mieux, au contraire, ça nous aurait fait plaisir et ça nous aurait flatté notre vanité personnelle, qu'on nous laissât aller et venir ici comme un troupeau docile qui n'abuse pas de sa liberté... Cependant, puisque le patron a ses idées là-dessus, et je vois que Forey me fait signe de dire oui, sur toute la ligne, c'est-à-dire que nous ferons la volonté du patron, et que pas un ici ne bronchera! non, pas un !... Si, Pierre Hugues est absent !...

— Je me porte garant, dit le docteur, il est malade, je remettrai un certificat à Bernard; et vous savez, mes amis, que lorsque l'un de vous est malade, votre patron vous paie tout de même !...

— Oui, oui, oui !... dirent plusieurs voix.

— Allons, hop !... à l'ouvrage ! s'écria encore Jean Faroux se retournant et faisant signe de la main.

Tous les ouvriers, dociles, s'empressèrent de rentrer; un bruit immense de machines se fit entendre à l'intérieur; la ruche s'animait, tout marchait comme d'habitude.

Alors, le docteur serra la main de Bernard et regagna lentement le chemin de sa demeure.

A quelques pas de la ferme, le nouvel ami d'Hubert, qui se faisait appeler « Monsieur Albert », attendait avec impatience le jeune docteur: tous deux se prirent le bras, et renouèrent ensemble une conversation interrompue. L'amitié qui unissait ces deux hommes, — qui se connaissaient pourtant depuis peu de temps, — éclairait leur physionomie d'une joie pure; les nuages de tristesse qui avaient assombri leurs traits, pendant un certain temps, s'étaient fondus sous leur mutuelle sympathie.

Mais, laissons-les épancher leurs confidences, et allons

prendre part à une conversation non moins intéressante qui
se passe à voix basse dans la petite pièce qui précède la
chambre du malade.

Germaine est entrée doucement ; elle a vu que Claude
Morand dormait d'un sommeil paisible, et elle a passé dans
la seconde pièce, laissant la porte entr'ouverte ; au même
moment, Bernard montait. Germaine se retourna, et alla
au-devant de lui, en recommandant le silence.

— Que me voulez-vous, Bernard ? demanda la jeune fille
à voix basse.

— Ce que je vous veux, Germaine !... répondit Bernard,
d'un ton si bas qu'on aurait dit le murmure d'un enfant qui
se plaint, — ah ! ne le savez-vous pas ?... Pourquoi cette
dureté. Pourquoi vos yeux sont-ils chargés de reproches ?...

— Vous êtes jaloux, Bernard ?

— Jaloux ?... en ai-je le droit ?... ah ! bien, oui, je suis
jaloux, j'en conviens, après tout ! car, pourquoi serais-je
privé de la part de sympathie que vous donnez à tout le
monde ici ?...

— Vous rapportez toujours les choses à vous-même, Bernard ; vous êtes orgueilleux, je vous l'ai dit souvent. Quant
à croire que je suis dure avec vous, vous avez tort, je ne le
suis avec personne. C'est-à-dire que vous m'avez fait quelquefois l'honneur de me demander des conseils, à moi qui ne
suis qu'une faible femme, et j'ai consenti à vous parler dans
votre intérêt. Si je vous ai fait des reproches, Bernard, c'était
sur le ton d'une sœur...

— Vous savez bien, Germaine, que ce n'est pas le nom de
sœur que je voulais vous donner... ah ! pourquoi avez-vous
refusé d'être ma femme ?... je ne suis donc pas assez riche...
pour vous ?...

— Je ne répondrai pas à ces sottes questions, Bernard,
elles ne sont pas dignes de vous ! L'intelligence est un don
de Dieu, que nous devons tourner pour le bien de tous, et ne

pas nous en faire une source de vanité et de dédains...

— Oui, je conviens que je ne supporterais de personne ce que je supporte de vous. Quelquefois même, vos reproches me froissent, et il faut vraiment que je vous aime, Germaine, pour vous donner le droit de me mener comme on mène un petit enfant !...

— Je n'ai jamais eu l'intention de vous blesser, Bernard, je ne désire que votre bien. Quant à la question de mariage, puisque vous voulez une réponse franche de ma part, je vous dirai que je ne me sens nulle envie de me marier !... Ah ! ne faites point ce mouvement de colère, Bernard... Que voulez-vous ?... Toutes les filles ne se marient pas ; les unes se font religieuses, les autres se dévouent à leur famille ; moi, je sens que j'aimerais bien rester toute ma vie à soigner mon cher parrain, qui a été si bon pour moi. Enfin, si une petite voix me parle au cœur, Bernard, je veux bien vous confier ce qu'elle me dit, pour vous prouver que vous êtes mon ami..... Oh ! ce que j'aimerais, surtout, c'est faire la classe aux petits enfants !... Quand Mlle Ursule, à qui je dois tout ce que je sais, veut bien me confier son jeune troupeau, comme je suis heureuse, Bernard ! et c'est bien là ce qui prouve que ce serait ma vocation. Quand je fais épeler ces chers petits, quand j'aide leurs petits doigts à tracer les chiffres ou les lettres, ou bien que je leur apprend l'histoire des premiers temps du monde, il me semble que c'est une belle mission d'avoir tous ces jeunes cœurs ignorants pour y verser la science, et que toute leur vie honnête, dans l'ave_ nir, dépendra de ces premières connaissances que nous leur inculquons. Je dis *nous*, hélas ! j'y suis pour bien peu de chose, c'est vrai, car je me trouve si ignorante à côté de Mlle Ursule, qui veut bien m'instruire toujours..... A quoi pensez-vous donc, Bernard ? vous me regardez d'un air triste !...

— Oui, je suis triste, Germaine, car je vois mieux que

jamais la distance qui existe entre nous deux ; vous êtes
parfaite, vous !...

— Parfaite !... Oh ! non pas, Bernard.

— Si, Germaine, je vous dis que vous êtes trop parfaite pour
moi. Moi je suis un sot, un orgueilleux, un méchant garçon,
tant que vous voudrez, mais... je vous suis bien attaché !...

— Vous vous calomniez, Bernard ; vous n'êtes ni sot, ni méchant garçon, mais vous avez un peu trop d'orgueil, voilà ! Eh
bien ! tâchez de vous corriger, adoucissez votre caractère...

— Que me promettez-vous alors ?...

— Bernard !... je vous ai dit que je ne veux pas me
marier !... Vraiment, faut-il le répéter cent fois ?

— Cependant, Germaine, vous qui êtes si dévouée, si
obéissante avec votre parrain, si c'était par dévouement et
pour obéir à M. le maire...

La jeune fille tressaillit, et devint si pâle, que Bernard
s'approcha d'elle vivement, comprenant qu'il venait de la
blesser sans le savoir ; le clair regard de Germaine lut sur
le visage du jeune homme qu'il avait dit machinalement ces
paroles, sans en avoir conscience ; cela parut la rassurer.

— Allons ! Bernard, dit-elle en souriant, ne parlons plus
de tout cela, et allez en paix, pour l'amour de Dieu ! Nous
avons chacun ici un devoir à remplir, remplissons-le consciencieusement ; je crois que votre tâche sera plus dure que la
mienne ; efforcez-vous d'être patient et bon avec les ouvriers ;
ne les froissez pas en vous plaçant au-dessus d'eux ; pensez
que c'est sur votre patron que retomberaient les conséquen-
ces de vos erreurs ; allez, Bernard, et sans rancune !...

Bernard descendit à regret ; mais, tout en s'en allant, il se
demandait pourquoi Germaine avait laissé paraître tant
d'émotion et de trouble lorsqu'il lui avait posé cette question
qui lui était échappée à lui-même... Il serait donc possible
que la jeune fille consentît à se marier par dévouement et
pour obéir à son parrain ?...

CHAPITRE VI

Claude Morand était un homme de quarante-cinq ans ; mais on lui en aurait donné à peine trente-huit, car le travail et la bonne conduite donnent aux hommes des champs une longue jeunesse et une santé plus robuste que l'existence des villes. Physiquement, Claude Morand était plutôt agréable, quoiqu'il n'eût pas des traits réguliers, et il passait pour un homme fort, bien bâti, robuste comme un chêne. Sa poitrine était vaste, il respirait bruyamment ; il riait fort et parlait haut. On voyait que ce gros homme avait besoin de faire du bruit, de respirer à pleins poumons et de se donner beaucoup de mouvement. Son front, légèrement bombé, indiquait l'intelligence, le calcul, peut-être aussi l'intérêt ; ses yeux n'étaient pas très ouverts, ni très francs ; il les clignait un peu, par habitude, comme un homme qui veut vous empêcher de lire jusqu'au fond ; on le connaissait cachotier ; le principal trait de son caractère, c'était l'indécision.

Il y avait certainement lieu de s'étonner qu'un homme taillé comme Claude Morand fût au moral si indécis, et nous dirons plus... si peu brave, pour ne point dire poltron. Il avait manifesté beaucoup d'énergie et de volonté dans les premiers temps de la fondation de l'usine, et il s'était naïvement étonné lui-même d'y avoir mis tant de cœur. Tout avait marché au-delà de ses rêves; sa fortune s'était considérablement augmentée; mais, comme les avares qui ont peur pour leur trésor, il s'était mis à trembler tout à coup. Il n'était pas avare cependant. Son souci était de n'avoir personne à qui laisser le bien qu'il avait amassé. Si, à l'âge où les jeunes gens du pays pensent à se marier, Claude Morand n'y avait point songé, c'est peut-être qu'il n'en avait pas eu le temps; les affaires de l'usine l'occupaient uniquement; c'était sa seule passion. Puis, quand la réflexion était arrivée, il s'était dit : « Je suis déjà vieux ! quelle est la jeune fille du pays qui consentirait à m'épouser. » Mais cela n'est pas tout. Claude Morand pensait surtout : « Quelle est la femme qui serait digne d'être ma compagne ? » Et il n'avait pas tout à fait tort. Sentant son caractère irrésolu, il aurait aimé avoir une compagne qui eût un jugement sage et décidé; dans la crainte de voir baisser son intelligence fatiguée, il aurait voulu que sa femme eût une intelligence qui lui promît le succès de ses entreprises.

La vue des petits enfants du village, qui se jetaient dans ses jambes quand il passait, l'attendrissait à présent. Il se disait tout bas qu'il voudrait aussi avoir une famille.

Toutes ces qualités, qu'il énumérait en lui-même, Germaine les possédait toutes; Claude Morand le savait bien. Cependant, il avait hésité à demander la main de la jeune fille, parce qu'il savait que celle-ci ne voulait pas se marier, et qu'il redoutait en secret d'avoir Bernard pour rival. Et Bernard lui était utile; Bernard, qui n'avait que vingt-cinq ans, était d'un caractère si ferme, si résolu, et en mo-

me temps si brave, que Claude Morand ne pouvait s'empêcher de l'admirer. Il en avait fait peu à peu son associé, son
second, afin de le tenir tout prêt à le remplacer au besoin.

Et il se disait que, s'il épousait Germaine, Bernard ne
resterait pas chez lui.

Toutes ces pensées occupaient donc depuis quelque temps
l'esprit du patron de l'usine ; seulement, il les tenait soigneusement renfermées.

Un soir, cependant, il osa confier son désir et ses craintes
a monsieur le maire, en qui il avait confiance, et le maire lui
répondit :

— Vous avez raison, Claude, de croire ma filleule digne
d'être votre compagne ; elle aurait de la tête pour deux, et
pour le dévouement, on peut y compter ! Mais vous avez
raison aussi de redouter Bernard ; ce jeune homme a le sang
vif, et il a le défaut d'être orgueilleux ; si vous ne le butez
point, il sera pour vous un associé qui vous rendra de
grands services ; mais si vous excitez sa jalousie, vous pourriez en faire un dangereux ennemi. Le mieux, c'est de laisser
au temps le soin d'arranger les choses ; peut-être que Bernard consentira un jour à jeter ses vues ailleurs, en voyant
que Germaine ne veut pas se marier, alors... nous verrons,
Claude, je vous aiderai !...

Germaine avait entendu ces paroles, sans le vouloir, et
c'est pour cela qu'elle avait tressailli tout à l'heure, lorsque
Bernard lui avait brusquement demandé si elle se marierait
par dévouement et par obéissance.

Lorsqu'elle eut lu sur le visage du jeune homme qu'il
ignorait la conversation que Claude avait eue autrefois avec
son parrain, la jeune fille se rassura, mais une secrète an-
goisse l'agitait en ce moment. Elle craignait d'être contrainte
un jour ou l'autre à devenir la femme de Claude Morand ;
pour tout dire, en un mot, si elle avait dû épouser quelqu'un,
elle aurait plus volontiers mis sa main dans celle de Ber-

5

nard que dans celle de l'homme riche qui ne lui inspirait
aucune sympathie, et bien plutôt de la crainte. Cependant,
Germaine était une fille si soumise, si reconnaissante envers
son parrain, que jamais elle n'aurait l'idée de dire non.

Qu'il nous soit permis d'ajouter encore que la filleule du
maire était d'une nature tout à fait au-dessus du vulgaire,
et que chacun l'aurait appelée une perfection. Du reste, la
noblesse de ses sentiments nous sera démontrée dans la
suite de ce récit.

Après la conversation que Germaine venait d'avoir avec
Bernard, elle se retira, le cœur un peu ému et les yeux
humides de pleurs. Elle entra dans la chambre du malade et
le regarda froidement, profitant de son sommeil pour analyser
ses traits.

Claude Morand fit un mouvement ; il s'éveilla, et reconnut
aussitôt Germaine. Son visage s'éclaira d'un sourire.

— Merci, dit-il, vous êtes bonne d'être venue, Germaine.

— Comment vous trouvez-vous, Claude ? demanda la
jeune fille.

— Dites-moi, Germaine, est-ce que Bernard est en bas ?

— Oui, répondit Germaine, en prenant la bouteille de la
potion ; mais vous savez que je suis venue ici pour être votre garde-malade, c'est-à-dire pour accomplir les prescriptions du docteur, qui vous recommande surtout le repos ;
vous allez prendre vite cette cuillérée, et ne plus parler.

— Oui, je prendrai la potion ; mais, dites-moi vite, ma
chère enfant, dites-moi vite si tout se passe bien en bas.

— Certainement ; pourquoi les choses ne se passeraient-
elles pas bien ? Vos ouvriers vous aiment, vous le savez, du
reste.

— Je sais cela, en effet, dit le malade en secouant la tête ;
mais je sais aussi qu'il ne faut qu'une étincelle pour mettre
le feu aux poudres.

— Allons; ne parlez point et avalez cela, dit encore la jeune fille.

— Voyons, Germaine... ah ! donnez cette potion, tenez... voilà... mais laissez-moi vous dire ce que Pierre le colporteur m'a dit :

« Un jour, un homme descendra dans ce village, qu'il remuera comme il a remué de plus grandes villes : il souf-flera sur l'esprit des ouvriers comme Satan qui inspire les mauvaises pensées... Il conseillera la révolte ; il bouleversera l'honneur et la vertu des gens, qu'il transformera en tigres. D'une botte de paille, il allumera l'incendie de l'usine, et tout le pays sera à feu et à sang...

— Allons , calmez-vous... dit doucement Germaine, qui crut que cet homme avait le délire.

Le malade ajouta :

— Vous pensez que je dis des folies, Germaine, n'est-ce pas?... Mais, tenez, laissez-moi vous jurer que c'est Pierre le colporteur qui m'a appris tout ce qui se passe là-bas, loin de nous, sans que vous vous en doutiez, et qui m'a annoncé la venue d'un homme qui a échappé à la potence, et qui est un fameux brigand, à ce qu'il dit !...

— Mais..., demanda Germaine, Pierre le colporteur ne vient plus ici depuis longtemps, puisqu'on ne sait même pas ce qu'il est devenu.

— Chut !... A vous je le dirai, Germaine : Pierre ne vient plus ici pour les autres, parce que je le paie pour s'éloigner ; je redoutais son influence sur les ouvriers, avec ses histoires, et j'ai obtenu qu'il ne vienne plus ; mais, à certaines époques, il va au pied de la roche grise et il m'apprend tout ce que je veux savoir. J'y ai été il y a deux nuits, Germaine, et j'ai vu ce vieux visage qui se cache des hommes, parce qu'il ne marche pas dans le droit chemin ; j'ai vu un reflet de la haine des méchants dont il parle !... Et il m'a dit, d'un ton rail-leur, qu'avant qu'il soit longtemps, je verrais arriver Wil-

liams l'enragé, Williams qui sait si bien parler que toute la
la foule le suit en esclave, marchant derrière lui, et brûlant, saccageant tout pour lui plaire; ce grand faiseur de
guerres civiles a, dit-on, des intérêts secrets qui le guident
chez nous... qu'est-ce que c'est donc, Germaine ?... J'ai d'a-
bord pensé que ce monsieur Albert était sans doute envoyé
par Williams, et j'ai interrogé Fablen; mais il paraît que
monsieur Albert est un être doux et inoffensif comme l'enfant qui vient au monde; est-ce vrai, Germaine ?

— Oui, dit doucement la jeune fille, soyez sûr que monsieur Albert est tout à fait distingué, et qu'il n'a aucun rap-
port avec le brigand dont vous parlez. Du reste, mon amie
Reine m'a raconté comme il a été bon pour sa grand'mère
à qui il rend visite tous les jours ; vous savez que la pauvre
femme est presque folle; eh bien ! il a, par sa parole si douce,
comme un don pour la calmer, et ma chère petite Reine est
transportée de reconnaissance envers monsieur Albert. Mais...
voilà que nous parlons tous deux !... A quoi est-ce que je
pense, mon Dieu ? Je ne vous parlerai plus, Claude, c'est
fini, et pour que vous ne disiez plus rien, je vais m'installer
à côté...

Elle s'esquiva lestement, heureuse sans doute d'avoir un
prétexte, et ouvrit toute grande la fenêtre qui donnait sur la
campagne. Un soleil bienfaisant séchait les arbres mouillés,
et un vent assez violent balayait en même temps les sentiers
détrempés; aussi loin que pouvait s'étendre la vue, on apercevait les beaux sapins toujours verts et les toits fumants
des maisons semées çà et là.

— Quoi, pensait Germaine, il se pourrait qu'un ouragan
terrible vînt troubler cette vie si paisible du village ! il se
pourrait que l'esprit d'un seul homme méchant pût changer
le cœur ordinairement bon des habitants, de façon à les
pousser les uns contre les autres pour s'entre-dévorer !... Oh !
non ! elle ne voulait pas y croire.

A quelques pas d'elle, Bernard passa et leva la tête pour la saluer de la main ; Germaine alors se dit : « Hélas ! voici un être qui pourrait être bon, mené par une main douce et intelligente, mais qui deviendrait sans doute fort dangereux si la jalousie et la haine s'emparaient de son cœur. C'est ainsi que les hommes se laissent quelquefois guider par leurs passions.

CHAPITRE VII

— Comment expliquerez-vous, mon cher Albert, la mystérieuse sympathie qui unit nos cœurs? disait le jeune docteur, tout en marchant aux côtés de son nouvel ami. Il y a à peine un mois que nous nous connaissons, et nous sommes liés comme deux frères! Il me semble que je vous ai toujours connu, et je ne puis supporter l'idée d'une séparation prochaine, et cependant je ne puis espérer que vous allez vous fixer dans ce pays sauvage?

— Et comment expliquerez-vous ce prodige de la nature, qui fait pousser ces fleurs gracieuses dans le flanc aride de ce rocher?... s'écria avec enjouement celui que nous appellerons simplement Albert. Tenez, parce que le vent est venu apporter là, dans ce petit creux, quelques graines, voilà qu'une goutte d'eau a suffi pour transformer ces graines en touffes de fleurs sauvages; de plus, elles ont pris solidement racine dans ce rocher, et pour les arracher, il faudrait employer une certaine force... Que dites-vous de cette image, mon cher Hubert? N'est-ce pas semblable à l'amitié qui a

soudain germé dans nos cœurs? Une goutte de rosée de
votre pitié pour ma douleur, une larme de mes yeux pour
la vôtre, n'était-ce pas suffisant pour que la fleur de l'amitié
prît racine en nous ?

— Vous êtes poète, Albert, et c'est une des choses que
j'admire en vous.

— Ne savez-vous pas que la poésie et la tristesse se touchent de si près, qu'il n'y a rien qui puisse les séparer?
Quand on a souffert au milieu de ses semblables, on se sent
porté à les fuir, et l'on aime mieux contempler les merveil-
les de la nature, parce qu'on découvre en elle des beautés
toujours nouvelles et de secrètes consolations. Ne l'avez-vous
pas éprouvé vous-même, lorsque, fuyant le pays où vous
aviez été si cruellement frappé dans votre affection la plus
tendre, vous avez cherché un petit coin de la terre bien éloigné du monde.

— Oui, oui, vous avez raison. J'étais jeune et plein d'ardeur; la fortune m'avait gâté; ma bonne mère avait soigneusement éloigné de son fils tout chagrin, toute contrariété ; je
puis dire que la vie me paraissait rose et souriante; je n'a-
vais qu'à former un souhait, j'avais ce que je désirais
comme dans le temps où l'on avait une fée pour marraine...
C'était trop beau, voyez-vous ; aussi, quand la nouvelle est
venue me frapper, cela m'a paru un coup de foudre... Voyez
donc si les arbres frappés de la foudre peuvent renaître
encore...

— Allons, Hubert, n'exagérez pas ainsi; la douleur, comme
la joie, dure ce que durent les choses de ce monde. L'âme la
plus frappée par la douleur paraît d'abord anéantie; le soleil
a trop d'éclat, elle voudrait un voile jeté sur la nature ; mais
il vient un jour où le chêne qui a été frappé par la foudre,
sent encore la sève monter dans ses racines jusqu'à la branche brisée qui se couvre de jeunes feuilles délicates... Croyez-
moi, Hubert, il y a un temps pour tout, et rien n'est éter-

nel ici-bas; vous étiez presque enfant encore lorsque vous
avez éprouvé une affreuse déception; vous aviez été trop
gâté par le sort; la moindre tempête devait vous renverser;
mais maintenant que vous êtes un homme dans toute la
force de l'âge, tâchez donc de chasser ces vilaines rêveries
qui sont une maladie de l'âme; laissez-vous aller à l'espérance; ne dites pas que vous mourrez ici dans ce pays si
retiré; goûtez-y le charme qu'il procure à un esprit fatigué,
mais lorsque je m'en irai, venez avec moi, laissez-moi vous
entraîner à ma suite...

— Non, mon ami! non!... mon devoir m'attache ici; que
deviendraient les pauvres habitants privés de leur médecin?...

— Hubert, regardez-moi... vous détournez vos yeux, et
cependant j'ai lu votre pensée malgré vous, et je vais vous
la dire... Ne m'en voulez pas surtout si je vois ce qui se
passe dans un des coins de votre cœur; ne suis-je pas votre
confident, et n'avez-vous point confiance en moi?... Voyons!
n'est-ce pas Reine surtout qui vous retient ici?...

— Albert, si vous exigez de la franchise de ma part, je
vous dirai d'abord que je ne suis pas assez égoïste pour ne
songer qu'à moi-même, et que je suis tout d'abord retenu
dans ce sentiment du devoir; me sentant utile aux gens, il
est tout naturel que je ne veuille pas leur refuser mon
dévouement. Croyez-vous donc que le dévouement ne tienne
pas beaucoup de place dans le cœur. Cependant, je ne vous
cacherai pas que Reine me paraît réunir toutes les ver-
tus. Songez que je l'ai vue grandir dans ce pays, et que j'ai
assisté bien souvent aux tendres soins qu'elle prodigue à sa
grand'mère; une créature si pure ne peut laisser indifférent...
et vous-même, Albert, n'en êtes-vous pas très épris?

— Non, mon ami; il fallait cette explication entre nous, je
sentais qu'elle était nécessaire, et je veux en toute franchise
vous parler aujourd'hui. Je crois que c'est la Providence qui

a guidé vos pas dans cet humble pays où vous avez su être utile et vous faire bénir de tous? Et Reine, qui est une si affectueuse petite-fille, une si pieuse et si douce créature sera pour vous une compagne accomplie.

— Merci, Albert, votre bonté, votre affection pour moi me touchent infiniment ; mais, j'exige de votre part une franchise égale à la mienne, au sujet de cette petite Reine qui ne vous est pas indifférente.....

— Ne m'avez-vous jamais remarqué en contemplation devant un beau spectacle de la nature? Vous admettrez aussi qu'une belle œuvre d'art me jette dans l'admiration; par exemple, cette magnifique peinture qui éclaire comme un rayon de soleil la pauvre chambre de la vieille Antoinette, cette peinture qui ressemble à la petite Reine, mais qui lui ressemblera bien davantage quand elle sera devenue femme...

Voyager, aller çà et là, planter ma tente quelques jours dans un endroit, puis reprendre mon vol vers des sommets plus lointains, chercher des horizons plus grandioses, découvrir un autre coin de terre... voilà comment je finirai ma vie. Mais que cela n'attriste point notre amitié. Je ne sais quel jour je quitterai ce pays charmant où j'ai découvert tant d'excellents cœurs; mais que cette pensée ne gâte pas le plaisir que nous éprouvons ensemble... Allons, mon cher Hubert, nous voici tout près de votre demeure, je vais vous laisser ; votre bonne mère vous fait signe de la main... portez-lui mes respects... nous nous retrouverons ce soir.

Au moment où les deux amis allaient se quitter, une fraîche et argentine voix leur criait : Bonjour, monsieur Albert !

Et, en se retournant, les deux amis aperçurent Reine toute rouge et toute interdite comme une enfant prise en faute. Elle tenait dans son tablier un petit agneau blanc, et ne sachant que dire, en regardant le pauvre petit être qui bêlait tristement :

— Regardez, monsieur Hubert, et venez me dire si vous croyez que ce pauvre agneau pourra vivre; il est né hier au soir, et comme sa mère n'a pas de lait pour le nourrir, il est resté plusieurs heures presque mourant sur sa couche de paille; on m'avait dit qu'il allait rendre le dernier soupir, mais je ne l'ai pas cru, je lui ai versé quelques cuillerées de lait, son œil s'est ouvert, et il s'est mis à bêler. Voyez !...

La jeune fille avait toute la grâce d'une enfant en parlant ainsi. Elle ne tournait pas les yeux du côté d'Albert, comme si elle le redoutait; quant à Hubert, qu'elle connaissait depuis longtemps, il ne lui inspirait aucune crainte; elle l'avait vu tant de fois au chevet de sa grand'mère malade, et il lui témoignait, à elle en particulier, une si respectueuse affection, qu'elle pensait voir en lui un grand frère toujours obligeant, toujours dévoué.

Cependant, lorsqu'elle vit Albert s'éloigner après l'avoir saluée en souriant, elle se tourna tout attristée vers le docteur, et lui dit :

— Pourquoi monsieur Albert s'en va-t-il; est-ce que c'est moi qui le fait fuir ?

— Oh ! non, ma chère enfant, comment pouvez-vous penser cela de mon ami? Voyons, remettez-vous; la maladie de cet agneau n'est pas bien grave; avec vos soins, il se tirera de là facilement; vous n'avez qu'à le mettre un peu au soleil et lui faire boire du lait; voulez-vous entrer voir ma mère?...

— Bonjour, petite ! comment va ta grand'mère ?... s'écria soudain la mère du docteur, en apparaissant sur le seuil. Allons, Hubert, toujours flâneur donc ! ah ! depuis que monsieur Albert est ici, c'est fini ! on ne te tient guère à la maison !... ne va pas prendre cela pour un reproche, au moins, car je suis contente au contraire de voir ton amitié pour un homme qui en est si digne. Le fait est que je n'ai jamais vu une créature du bon Dieu réunir à la fois tant de noblesse, de douceur, d'élévation dans les idées et de dévouement. Entre donc, ma mignonne, je veux te prier de donner quelque chose de ma part à ta grand'mère.

Reine était restée toute rêveuse sur le seuil, regardant son petit agneau, assurément sans le voir, car elle paraissait porter une grande attention aux paroles que la bonne dame venait de prononcer.

— Oh! oui, dit-elle naïvement, en entrant avec Hubert dans la salle à manger, monsieur Albert est bien tout ce que vous dites; et ma grand'mère donc, n'est-ce pas étonnant que ma grand'mère ait presque retrouvé toute son intelligence depuis qu'il est là? Elle l'écoute parler; elle trouve que sa voix ressemble à une musique: elle aime à le regarder, comme si elle cherchait dans ses traits un lointain souvenir..... Quelquefois, ma grand'mère reste à rêver sur son grand fauteuil, et tout à coup, elle sort de son sommeil pour me dire: « Va me chercher mon bon ange, j'ai quelque chose à lui dire. » Malheureusement, quand il vient, elle ne sait plus ce qu'elle veut lui dire, et elle retombe dans sa muette contemplation !... Pensez-vous qu'il partira bientôt?... ajouta-t-elle plus timidement, en s'adressant directement au docteur.

— Non, ma chère Reine, dit Hubert, je ne pense pas qu'il partira bientôt, et je ferai, du reste, tous mes efforts pour le retenir longtemps encore; mais, ne prendrez-vous pas quelque chose avec nous?

— Non ! s'écria la jeune fille joyeusement.

— Allons, dit Hubert, je vois que vous avez hâte de retourner près de votre grand'mère; allez, ma chère enfant ! Je ne tarderai pas à lui faire ma visite quotidienne, et je pense qu'Albert m'accompagnera.

— Alors, tant mieux !..... à bientôt !... s'écria la fillette en s'éloignant.

CHAPITRE VIII

« Du fond de la Vallée... ce 1er octobre...

« Comment se fait-il que je sois encore ici, mon cher
» Antoine! Quel charme secret me retient dans ce pays sau-
» vage, si loin du monde et de toi!... Eh!... explique-toi,
» comme tu pourras, l'étrange pensée qui vient attrister mon
» âme, toutes les fois que je me trouve en présence d'une
» fillette qui aurait à peu près l'âge de ma sœur!... Ma
» sœur!... dire que j'ai eu une sœur qui m'a été confiée
» par mon père, et que je n'ai pas su garder ce dépôt
» sacré !

» Ce reproche, que je m'adresse constamment, me rend
» impossibles les joies qui sont habituelles aux autres hom-
» mes; les rêves que l'on fait ordinairement ne hantent point
» mon cerveau, et je sens toujours en moi-même un vide
» que l'amitié seule peut remplir! A toi, pourtant, cher
» Antoine, j'avoue que la jolie petite Reine aurait pu seule
» faire un miracle.

» Et je sens à présent une affection toute fraternelle pour
» cette idéale petit créature, que je regretterai certainement
» de ne plus voir, comme je regrette de voir s'éloigner le
» doux rivage de la patrie. Voilà bien des années déjà que
» je voyage sur les mers, traversant bien des pays ! Quelle
» est donc enfin la terre qui m'abritera dans mon dernier
» sommeil ?...

» Te souviens-tu, cher Antoine, des malédictions que j'ai
» entendu prononcer quand j'étais enfant, et dont le souve-
» nir a si souvent assombri ma jeunesse? Quelquefois, je me
» suis dit qu'elles ont dû jeter un voile sur ma vie; et, sans
» être superstitieux, je ne puis m'empêcher de croire que
» cet ennemi de notre famille nous a certainement porté
» malheur.

» Cet homme s'appelait Williams de Warwich, et il descen-
» dait de cette vieille race où Richard, comte de Warwich,
» joua un rôle important dans la guerre des Deux-Roses ;
» mais, un membre de sa famille s'allia à Williams d'Écosse
» qui fut décapité pour avoir voulu introduire la révolution
» dans une paisible contrée. Il faut croire que les idées bel-
» liqueuses se transmettent de génération en génération,
» car ce Williams Robert, qui devint l'ennemi de notre
» famille, était un des petits-fils de celui qui fut décapité à
» cause de ses idées révolutionnaires.

» Mon père nous raconta qu'il s'était querellé un jour
» dans une partie de chasse, avec ce Williams, et qu'il lui
» avait reproché sa lâcheté comme étant l'apanage des traîtres.
» Cette injure parut si grosse à Williams, qu'il jura de se
» venger; ma mère redoutait un duel, ce n'est pas cependant
» ce que paraissait désirer celui qui se disait si cruellement
» outragé. Un jour — je pouvais alors avoir huit ans, et ce
» souvenir ne s'est pas effacé de ma mémoire, — ma mère
» était appuyée sur le bras de mon père, et parcourait à petit
» pas le bois qui longeait notre propriété; je les suivais,

» jouant avec un beau lévrier, présent de ma mère, et que
» j'aimais beaucoup. Soudain, une femme de haute taille
» parut, accompagnée de Williams, et tous deux s'arrêtèrent
» devant mon père et ma mère, comme pour les empêcher de
» passer. La femme, autant que je me le rappelle était belle
» mais elle avait un aspect de froideur qui glaça ma mère. Il
» paraît que cette femme était la mère de ce Williams.
» Quant à lui, il s'écria qu'il était exilé à cause de mon
» père qui l'avait dénoncé comme un traître, qu'il allait fuir
» sur un autre rivage, bien loin; mais, qu'un jour, il
» reviendrait sûrement pour exécuter sa vengeance, et que
» cette vengeance serait terrible! Il nous montrait de la main
» les tourelles de notre château, et prédisait, en jurant, qu'un
» jour il ne resterait de tout cela que quelques pierres noir-
» cies par les flammes; il ajoutait: Ta famille sera disper-
» sée comme les cendres de ton château, et tu pleureras ta
» dernière espérance! Ton fils ira de pays en pays traîner
» sa douleur, et ta douce colombe sera envolée!... Toutes ces
» prophéties jetèrent l'effroi dans l'âme de ma mère; elle
» me serrait contre elle, en pleurant. Mon père jurait qu'il
» allait tuer ce prétendu prophète; mais Williams avait dis-
» paru avec sa mère, et nous n'entendîmes plus parler de
» lui. Cependant, peu après, ma mère mourut; je languissais
» tristement jusqu'à ma sortie du collège; dès la première
» heure de ma majorité, je me mis en route, comme un
» voyageur, et voilà près de vingt ans que je marche sans
» penser encore à m'arrêter! Notre château n'a-t-il pas été
» détruit par les flammes après la mort de mon père? Et ma
» pauvre petite sœur, douce et pure colombe dans l'arche,
» ne s'est-elle pas envolée loin de moi qui devais la proté-
» ger?...

    » Voilà toutes les pensées qui me sont venues en foule ce
» soir, mon cher Antoine, et je me suis laissé aller à te les
» écrire, par suite de cette vieille habitude que j'ai contractée

» de te livrer tous les secrets de mon cœur. Je crois qu'il y
» a en nous une puissance mystérieuse, qui nous pousse fata-
» lement vers une destinée quelconque, comme le vent, qui
» balaie en ce moment le sentier, entraîne avec lui toutes les
» feuilles sèches.

   » Pourquoi faut-il aussi que les souvenirs les plus amers
» viennent se présenter à mon esprit, lorsque j'éprouve, au
» contraire, le besoin de les oublier?.....

   » Ici, j'ai été interrompu, cher Antoine, par la visite du
» maître de la maison où je demeure.

   » Le bonhomme — qui s'appelle Fabien, je crois te l'avoir
» dit, — est très fier d'avoir chez lui un habitant des villes ;
» entre nous, je crois qu'il est un peu intéressé, et qu'il se
» trouve si bien de me posséder que la seule pensée de me
» voir partir le jette dans un grand émoi. Donc, le père Fabien
» est entré dans ma chambre, au moment où je t'écrivais ;
» je me suis retourné, sans mauvaise humeur, et je lui ai
» poliment demandé ce qu'il désirait. Je vais pour t'amuser,
» cher ami, et te faire connaître un peu les habitants de
» ce village, te rapporter fidèlement toute notre conversa-
» tion.

   — » Je venais, monsieur, s'écria le père Fabien, histoire
» de causer pour faire passer le temps, vous rapporter tout
» ce qu'on dit dans ce pays, mais, pour peu que ça vous gêne,
» vous comprenez, je vous laisserai bien tranquillement
» écrire, comme je vois que vous faites.

   — » Non, non, père Fabien, causez tout à votre aise, lui
» dis-je en refermant mon buvard ; votre conversation me
» distraira et m'instruira en même temps. Voyons, que dit-
» on de nouveau dans ce pays?...

   — » Du nouveau?... répondit le bonhomme en s'asseyant,
» sur un signe que je lui fis, et tout en tournant son bon-
» net entre ses doigts ; oh! bien, du nouveau! il n'y en a
» pas souvent par ici !... Le pays est assez tranquille d'ordi-

» naire; les gens vivent tout occupés de leurs petites affaires;
» et, à moins d'un mariage ou d'un enterrement, ou encore
» d'un baptême, il n'y a pas grand'chose qui puisse être
» conté comme un événement; mais, pour lors, la maladie
» de Claude Morand, le patron de l'usine, a fait jaser beau-
» coup de langues, et surtout échauffer pas mal d'esprits.
» Vous entendez bien, monsieur, que je ne puis faire autre-
» ment que d'écouter ce qui se dit entre les ouvriers de
» l'usine, attendu que c'est moi qui les sers à table en bas,
» et qu'ils ne se gênent pas entre eux pour échanger leurs
» idées devant moi. Donc, Jean Faroux, qui est un vieux de
» la vieille et une mauvaise tête quelquefois, ne décesse pas
» de grommeler comme un vieux grognard, parce que le
» patron a jugé nécessaire de mettre à sa place comme qui
» dirait un remplaçant, quoi! Bernard, qu'est tout jeune,
» quoique ce soit un vieux malin tout de même!
» Or, il faut vous dire que Bernard voudrait épouser la
» filleule de monsieur le maire, que vous avez déjà vue, qui
» s'appelle Germaine, et qui est un beau brin de fille, mais
» si fière, si fière qu'elle ne veut pas se marier par ici. Fina-
» lement de la chose, Claude Morand est venu me conter un
» jour qu'il voudrait épouser Germaine, et vous comprenez
» monsieur, que comme nous avons été gamins ensemble,
» dans le temps, on se soutient à l'occasion. Mais, patience,
» vous allez voir bientôt où je veux en venir. Donc, Claude
» voudrait épouser Germaine et il n'ose pas, à cause de Ber-
» nard qui deviendrait son ennemi; et faut vous avouer
» que sans avoir peur, dame! Claude n'est pas rassuré. Vu
» d'abord qu'il a besoin de Bernard, qui est un bon ouvrier,
» et que, du reste, il n'y a jamais eu de querelle sérieuse
» par ici. Quant à monsieur le maire, il est si bon enfant, et
» si intéressé au bonheur de sa filleule que, dans l'intérêt de
» son avenir, pour qu'elle se trouve un jour à la tête de la
» fortune considérable de Claude Morand qui est considérable

» (sa fortune, bien entendu), je disais donc... Ousque j'en
» étais ?... oui, que le maire n'aurait qu'à dire : « Germaine,
» tu vas épouser Claude Morand ! » ça ne ferait pas un pli !
» mais... vous comprenez qu'il y a Bernard !... car Germaine,
» elle, ça n'a pas de volonté, c'est souple, obéissante pour
» son parrain à qui elle doit tout ; elle dirait comme lui !...
» Mais Bernard !... y faut que personne lui marche sur le
» pied, d'abord !... et, le pire, c'est qu'il a entendu hier la
» conversation qu'avait Claude avec monsieur le maire.

» Claude allant mieux, Germaine allait s'en retourner
» chez son parrain qu'était venu voir le malade, et mon
» vieux camarade lui disait : « Ah ! ne m'enlevez pas Ger-
» maine ! c'est elle qui m'a guéri, car elle sait joliment
» soigner les malades ; mais c'est elle surtout qui, par sa fer-
» meté et son esprit, a su en imposer aux ouvriers, quand
» ils s'étaient mis à murmurer en bas. Elle n'avait qu'à paraî-
» tre : c'était comme le rayon de soleil qui vient nous regail-
» lardir ! Germaine allait leur donner de mes nouvelles, et
» ils paraissaient tous très désireux de me voir debout. Enfin,
» elle est savante, elle compte bien, elle pourra tenir ma
» caisse, et je crois surtout qu'elle sera une bonne et dévouée
» compagne pour moi... Je ne sais plus trop ce que ce pauvre
» Claude a raconté encore ; toujours est-il qu'il a réussi à
» ensorceler monsieur le maire, qui l'a quitté en lui pro-
» mettant qu'avant peu, sa filleule deviendrait sa femme.

» Le pis de l'affaire, c'est que Bernard a tout entendu, et
» qu'il s'est pas gêné pour dire ce matin aux ouvriers réunis
» à ma table qu'il se vengerait ! « Faudra voir ça ! disait-il
» en enfonçant son chapeau sur ses yeux..., et comme per-
« sonne ne lui répondait, n'osant l'affronter inutilement, il
» a dit au vieux Faroux : Toi, d'abord, tu es un vieux loup,
» tu as toujours murmuré contre ton maître, et c'était moi
» qui t'apaisais ; à cette heure, le renard veut hurler avec
» le loup ; tape là mon vieux ! faut que tu me mènes à l'en-

6

» droit où le patron cause des fois avec un déguenillé qui le
» renseigne, à ce que tu prétends ; et nous verrons voir si y
» a moyen de s'arranger ensemble.

   » Vous ne comprenez peut-être pas, monsieur, comme
» tout ça est grave ! Si Bernard hurle avec les loups, qu'est-
» ce que nous deviendrons ?... Je sais moi que Claude Morand
» est en correspondance de nouvelles avec le vieux colpor-
» teur Michel, qui est un fameux gredin, allez, et qui a
» même annoncé qu'avant peu, un homme descendrait par
» ici pour y mettre tout à feu et à sang. C'est même ça qui
» a rendu mon camarade si malade !... Or, j'ai pensé que
» vous seriez notre sauveur, vous qui êtes encore plus savant
» que pas un d'ici, si ce n'est M. Hubert qu'est votre ami !

   » Pour lors, monsieur, faut être notre sauveur ; tenir con-
» tre ce vent qui nous menace ; faut rester au pays dans l'at-
» tente des événements, afin que s'il vient un beau parleur,
» il soit renversé par vous qui parlez si bien !... j'ai idée que
» vous nous sauverez ; vous saurez bien mettre chacun d'ac-
» cord ; vous raisonnerez Bernard, pas vrai ?...

   » Voilà, cher Antoine, tout ce que le père Fabien m'a conté.
» Tu penses que, tout en essayant de le rassurer, je lui ai
» promis de ne pas m'en aller encore. Et, retenu d'un autre
» côté par l'amitié d'Hubert, je demeurerai sans doute quel-
» que temps par ici... Me voici à bien des lieues de Paris ;
» je me reposerai peut-être tout l'hiver dans cette douce
» vallée, où je n'ai goûté que d'heureuses émotions, mais
» je reviendrai un jour, sois en persuadé ; est-ce que l'oi-
» seau voyageur peut longtemps demeurer dans un en-
» droit ?...

   » A toi, de cœur.

                              « Albert DE MONTEBRIGE. »

CHAPITRE IX

L'hiver est arrivé, et avec l'hiver les froides bises qui soufflent dans les pays montagneux, les neiges éternelles qui couvrent le sommet des plus hautes montagnes, pendant une grande partie de l'année, et blanchissent si joliment la tête des sapins sombres. Mais, sous son linceul éblouissant, la nature n'est pas laide à tous les regards. Le moindre rayon de soleil, qui vient à luire sur la vallée, fait fondre la neige, et met d'éblouissantes gouttelettes au bord des branches; le gracieux hôte des bois vient sautiller sur le chemin séché, afin de picoter quelques graines jetées par une main généreuse; les enfants, qui sont comme les oiseaux, sont heureux de s'ébattre devant les portes des maisons du village, et ils se poursuivent en criant joyeusement; enfin, tout s'anime sous un rayon de soleil en hiver.

Albert n'est pas resté renfermé dans sa petite chambre « à l'auberge du Mouton Blanc ». Marcheur infatigable et

contemplateur éternel de la nature, il se levait aux premiers
rayons du jour et s'en allait en excursion dans tous les
environs. Souvent, la neige tombait épaisse et serrée comme un tourbillon de plumes blanches, effaçant les chemins,
roulant comme une avalanche sur la pente des montagnes,
grossissant le petit ruisseau, couvrant d'une nappe étincelante les champs et les prés qui ressemblaient à d'immenses
déserts : Albert ne s'arrêtait pas ! Quelquefois, il s'adossait
au creux du rocher qui formait un dôme au-dessus de sa
tête, et il restait en contemplation durant de longues heures.

Ce qu'il voyait autour de lui, sous cet horizon rayé par
la neige, ce qu'il entendait dans les sapins secoués violemment par les rafales du vent, ce que l'écho lui renvoyait
enfin de lourdes clameurs, parmi tous ces bruits déchaînés,
ah ! il faut croire que c'étaient de bien douces voix et de
bien radieux tableaux, car il paraissait ému, et il aspirait à
pleine poitrine cet air si pur, si vivifiant.

Aussi, cet homme sérieux avait l'aspect d'un enfant qui
a fait l'école buissonnière, quand il rentrait au village ; il
supportait en souriant les reproches de son ami Hubert qui
l'accusait d'exposer sa santé, et il faisait assez bonne con-
tenance pour essuyer les bourrasques du père Fabien qui
criait « qu'il y avait pas de *bon sens* d'aller par la campagne
quand il faisait un temps pareil ! » Quant à ce qui se disait
chez la grand'mère de Reine, c'était bien autre chose ; la
jeune fille reprochait si gentiment « à M. Albert de vouloir
tomber malade », que celui-ci ne savait quels mots trouver
pour la rassurer.

La vieille Antoinette était tout à fait remise et paraissait
fort calme ; assise tout le jour sur son grand fauteuil, près
de la fenêtre, d'où elle voyait arriver Albert, elle ne paraissait vivre que dans l'attente de sa visite et dans le souvenir
qu'il lui avait laissé. Dans les longues soirées qui sont quel-

quefois si tristes, à la campagne surtout, Albert faisait la
lecture à haute voix, pour distraire la vieille femme et sa
petite-fille. Souvent Hubert était assis au milieu d'eux, mais
il arrivait quelquefois que le docteur, appelé près d'un malade, était privé de passer la soirée avec ses amis.

C'était vraiment un bien pittoresque tableau que celui de
cet intérieur, éclairé par la petite lampe de cuivre, dont le
vaste rayon mettait en lumière le beau front pâle de celui qui
lisait, et la belle tête brune de Reine qui écoutait avec tant
d'attention. La vieille femme, étendue dans l'ombre, le dos
appuyé à son fauteuil, les pieds enveloppés d'une couverture
de laine, laissait errer de l'un à l'autre ses grands yeux où
la pensée n'était pas éteinte encore; son visage décharné
était rigide et blanc comme la mort, mais l'étincelle de vie
qui luisait sous ses paupières dénotait un combat intérieur,
une préoccupation continuelle de l'âme qui se débat dans
sa prison de chair.

Et c'est ainsi que l'hiver se passait.

A l'usine, tout marchait assez bien; mais en regardant
les figures rembrunies des ouvriers et leur front soucieux,
Claude Morand se demandait si cette tranquillité passive ne
cachait pas un orage.

Bernard paraissait au contraire extrêmement préoccupé.
Il se renfermait dans un mutisme complet; son visage pâli
avait vieilli; ses yeux lançaient parfois des éclairs terribles;
cependant, il travaillait mieux que jamais, et se trouvait
toujours le premier à l'usine, et le dernier parti. Claude,
pour l'adoucir, lui avait complètement abandonné la direction
des ateliers, sous prétexte qu'il éprouvait le besoin de se
reposer; il lui donnait aussi de beaux appointements et lui
témoignait une affectueuse confiance; c'était lui qui tenait
les comptes et payait les ouvriers toutes les semaines. Malgré tout cela, sur le front de Bernard il y avait un voile impé-

nétrable et ses yeux se détournaient quand il se croyait en butte aux observations.

De son côté, Germaine était sérieuse, presque triste, mais on était assez habitué dans le pays à son air grave. Pour une fille de vingt-cinq ans, elle avait, disait-on, autant de raison qu'une grand'mère et toute sa vie sage et rangée était trouvée digne d'une sainte. Quand elle apparaissait sur le seuil de l'école, un joyeux bourdonnement se faisait entendre dans la classe, et Mlle Ursule se levait avec fracas pour aller l'embrasser; alors il arrivait toujours que c'était Germaine qui grimpait lestement sur l'estrade et s'asseyait gravement comme un orateur; toutes les têtes brunes et blondes se levaient, souriaient, chuchotaient, et la nouvelle maîtresse, leur parlait d'une voix caressante, leur promettant une belle histoire pour les faire taire. Pendant ce temps, Mlle Ursule allait prendre l'air au dehors.

Elle n'était plus jeune, Mlle Ursule; sa santé délicate paraissait avoir éprouvé de rudes assauts; elle n'avait confié ses chagrins à personne, car c'était une nature renfermée, et elle avait seulement dit qu'elle était orpheline, seule sur la terre, si dégoûtée du monde qu'elle avait voulu finir son existence dans un petit village; comme elle avait de la fortune et un bon cœur, elle mettait l'une et l'autre à la disposition des habitants. Mais, depuis le commencement de l'hiver, la pauvre maîtresse paraissait fatiguée; le docteur ne lui trouvait aucune maladie; son teint jaune et ses yeux cernés annonçaient une souffrance morale contre laquelle la science ne pouvait rien. Alors, elle aimait quelquefois à se reposer sur Germaine qui savait si bien parler aux enfants. Germaine était la seule jeune fille du pays qui eut si bien profité des leçons de Mlle Ursule. Aussi, celle-ci lui disait quelquefois :

— C'est toi qui me remplaceras tout à fait, ma petite Ger-

maine, quand le bon Dieu m'aura retiré le peu de forces qui
me reste encore.

Germaine cherchait à rassurer et à égayer sa pieuse amie;
elle causait comme une sœur affectueuse avec la bonne maîtresse qui semblait en éprouver un adoucissement. Depuis
quelque temps, la filleule du maire arrivait chaque jour vers
midi, et consacrait quelques heures à l'école de Mlle Ursule.

Un jour que le soleil était venu caresser doucement la
petite vallée, les enfants firent irruption joyeusement sur la
place de l'école. Mlle Ursule, enveloppée d'un grand châle de
laine blanche, était assise devant sa porte, regardant les
enfants jouer, et prêtait une oreille attentive aux paroles de
sa jeune amie, Germaine, qui se tenait debout à côté d'elle,
le bras appuyé sur son épaule.

— Non, Mlle Ursule, disait tristement la jeune fille, je ne
suis pas parfaite comme on veut le croire, et je suis loin de
pouvoir me passer de vos leçons. Quelquefois, je m'aban-
donne à la volonté de Dieu; je me dis que je ferai sans murmurer ce qu'on me dira, et il me semble que je serais capable de tous les sacrifices... mais, expliquez-moi cela, mademoiselle, vous à qui je dis toutes mes pensées... quand mon
parrain me dit de sa voix ferme et douce qu'il sait prendre
quelquefois : « Germaine, il faut te faire à l'idée d'épouser
Claude Morand au printemps; ce serait mal de refuser ton
affection à ce pauvre garçon, dont l'énergie s'affaiblit dans
le dépérissement et le chagrin. Toi seule es capable de mener
sa barque, de veiller à ses affaires, et de le consoler. »
Alors, oh! alors, Mlle Ursule, je sens une lutte terrible
en moi; j'ai envie de crier, de pleurer et je me sauve pour
cacher mon trouble et mes larmes. Souvent, je puis assez me dominer pour que mon visage ne trahisse rien,
et je réponds tranquillement, en riant comme une petite
fille : « Mais, me croyez-vous donc si nécessaire que
ça au bonheur du pauvre Claude, mon parrain ?... »

— « Oui, ma fille qu'il me dit, il faut te résigner, et ne pas repousser un si beau parti. Hier soir encore, il me disait cela, en me regardant dans les yeux, et j'ai eu le courage de supporter son regard sans pleurer; j'ai répondu : « Je ferai, mon parrain, ce que vous jugerez qu'il faut faire !... »
— « Assurément, je n'ai en vue que ton bonheur ! » m'a-t-il dit en m'embrassant.... Mais !... oh ! Mlle Ursule !... N'avez-vous pas remarqué comme Bernard est changé depuis quelque temps ?...

— Germaine, ma douce et bonne petite Germaine, s'écria la maîtresse tout attendrie. Ah ! que ton sort me touche ! et comme je voudrais pouvoir t'être utile... Cependant, en forçant ma pensée à raisonner clairement les choses, je vois bien que le meilleur pour toi est d'épouser Claude Morand. D'abord, parce que tu fais la volonté de ton parrain qui t'a tenu lieu de père depuis ta naissance, et que c'est beau d'être une fille obéissante ; Dieu te bénira, bien sûr ! et puis, tu as un cœur généreux, la fortune entre les mains sera bien placée. Il n'y a que moi qui pourrais me plaindre, car je me trouve si bien de t'avoir et tu m'es si utile ici... Mais je ne dois pas être égoïste ! ton devoir t'appelle ailleurs, ma fille, il faut suivre la voie que le Seigneur nous montre, et ne rien faire pour nous en détourner...

— Ici, je suis si bien !... Oh ! savez-vous que j'ai toujours pensé, au contraire, que c'était ma vocation d'être maîtresse d'école !... Tenez, voilà Bernard !... il marche la tête basse, l'air sombre, et voilà que je tremble comme un oiseau...

Bernard traversait la place de l'école, et venait droit vers le groupe d'enfants qui entouraient les deux femmes. Il écarta brusquement les enfants, salua d'un mouvement rapide mademoiselle Ursule, et d'un ton un peu sec : — Germaine, il faut que je vous parle un instant.

— Parlez sans crainte, répondit la jeune fille devenue

fort calme; ne savez-vous pas que je n'ai aucun secret
pour mademoiselle Ursule?...

— Vous ne voulez pas vous promener un instant avec
moi ?... dit amèrement Bernard...

— Mon Dieu ! pourquoi pas !... s'écria Germaine en affec-
tant de la gaieté; mais qu'avez-vous donc Bernard ? voyons,
parlerez-vous?...

— Allez un bout de chemin avec lui, ma fille, dit doucement mademoiselle Ursule. Bernard, croyez-moi, il faut
être homme, enfin ; prenez exemple sur Germaine qui a une
grande énergie... ne vous fâchez pas au moins de ce que
je vous dis là...

— Moi, je ne me fâcherez point... mais, je m'en doutais !
vous prêchez Germaine dans le même sens que son parrain !...
vous êtes tous contre moi alors !... et vous, Germaine, que
dites-vous ?...

La jeune fille était très pâle, mais ses yeux grand ouverts
demeuraient attachés sur le visage de Bernard avec un tel
sentiment de compassion, que celui-ci, se méprenant sans
doute sur la nature de ce sentiment, s'écria :

— Mais parlez-donc Germaine !... Oh ! serez-vous sincère
enfin ?...

— Parle-lui, ma fille, dis-lui ce que Dieu t'inspire...

— Bernard, dit alors Germaine d'une voix calme, comment
pouvez-vous me dire d'être enfin sincère, ai-je manqué de
franchise ou de générosité envers vous? Ne vous ai-je pas
toujours habitué à cette pensée que je ne deviendrais jamais
votre femme ?... ne faites pas ce mouvement de colère... je
ne veux pas vous blesser...

— Cependant, vous allez épouser Claude !...

— Qu'en savez-vous, puisque je l'ignore moi-même?...
est-ce que nous pouvons affirmer que telle chose se fera?
l'avenir est-il à nous? Dieu sait toujours, arranger les choses...

— Voulez-vous par là me donner une espérance? Oh !
dites-moi seulement, Germaine, que vous n'épouserez pas
Claude; faites-moi ce serment et je serai tranquille !...

— Je ne vous ferai pas ce serment, Bernard, parce que
je manquerais aux devoirs de respect et de reconnaissance
qui me lient envers mon parrain... Je puis seulement vous
promettre de prier Dieu pour que cela ne soit pas, et d'es-
sayer d'arracher à mon parrain cette idée-là; mais je ne
puis m'engager à me conduire, enfin, comme une fille qui
se révolte...

— Alors vous vous sacrifiez à sa volonté..... et c'est ce
mot *devoir* que vous avez à la bouche toujours, qui vous
entraînera dans une vie malheureuse... et me conduira, moi,
je vous le prédis, sur la pente du crime, dans la voie de la
haine et de la vengeance !...

— Bernard !... Oh! rétractez ces paroles qui me rempli-
sent d'effroi, s'écria Germaine toute tremblante.

— Non! Germaine, à moins que vous ne rétractiez les
vôtres... je jure de me venger non de vous, mais de lui !...

Le jeune homme étendit sa main comme pour donner plus
de force à son serment. Il avait en ce moment des lueurs
fauves sous ses paupières.

Il s'éloigna ensuite à grands pas, laissant à Mlle Ursule
le soin d'encourager la pauvre Germaine.

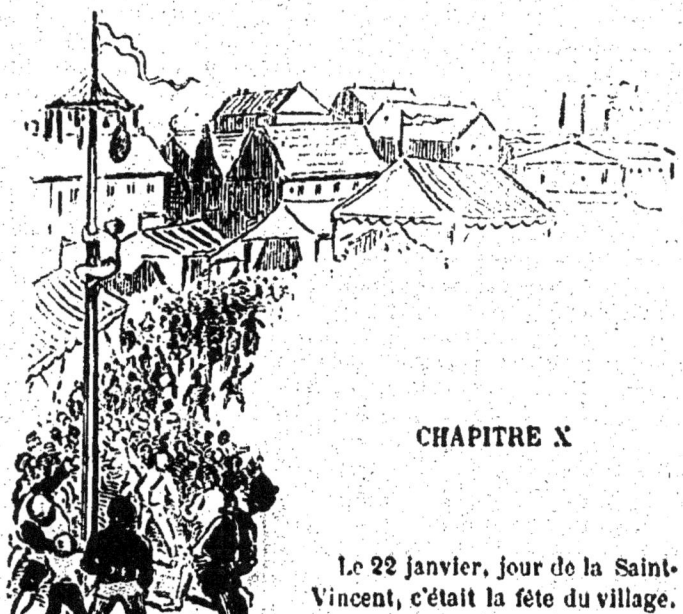

CHAPITRE X

Le 22 janvier, jour de la Saint-
Vincent, c'était la fête du village.
Chaque année, à cette époque, les
jeunes gens célèbrent la Saint-
Vincent qui est le patron du pays, en se livrant à d'innocentes
réjouissances.

La place de l'école est le centre de la fête. M. le maire,
qui s'ingénie tous les ans pour trouver des amusements
nouveaux, a lu dans une vieille gazette, que c'était la mode
de dresser un mât de cocagne pour exercer l'adresse des
garçons, en excitant leurs convoitises par un superbe saucisson, une bouteille de champagne, une montre en argent et
une timbale; et le maire s'est empressé de donner ses
instructions afin que le fameux mât de cocagne soit solidement installé.

Son ami, le curé, a voulu faire présent de la timbale en
argent; c'est *M. Albert* qui a donné la montre avec la chaîne,
et c'est Monsieur Froissard, le notaire, qui a envoyé chez le
maire un saucisson et une bouteille de vin de champagne.

Monsieur le maire y a ajouté des bretelles en tapisserie, bro-
dées par sa nièce, et une magnifique cravate en satin rouge;
de sorte que le mât de cocagne ainsi paré, étale toutes ces
magnificences au soleil; le vent les balance avec grâce, et
tout le monde souhaite que le temps se maintienne au beau.
Toute la semaine d'avant, le froid était sec, une glace unie
étendue sur la place la faisait ressembler à un vaste miroir
passablement glissant; mais, la veille de la Saint-Vincent,
le thermomètre a monté tout d'un coup.

Ce n'est pas tout ; comme monsieur le maire paraissait de
fort bonne humeur, il s'était concerté avec Claude Morand,
Froissard, Fabien et Durieux, pour savoir ce que l'on pouvait bien faire encore, et l'avis du père Fabien l'avait emporté: il fallait installer des petites boutiques de galettes
— ça donnerait soif, on irait se désaltérer chez lui, et les
gâteaux seraient naturellement de sa fabrication —; et puis,
on se procurerait toutes sortes de colifichets comme le colporteur en apportait autrefois, ça réjouirait la jeunesse et ça
lui attirerait du monde. Monsieur Albert, qui s'était glissé
galement au milieu du conciliabule, avait promis d'aller lui-
même faire les acquisitions nécessaires, et il était parti
quelques jours auparavant, allant à l'aventure, demandant à
sa bonne étoile de le conduire dans un village plus important que celui qu'il habitait, afin de pouvoir s'approvisionner
largement.

Le hasard lui avait fait rencontrer, aux environs de la
Roche-Grise, le vieux colporteur Michel, qui n'avait pas
mieux demandé que de livrer toute sa boîte, contre une
somme assez ronde : seulement, il avait fait promettre à
celui-ci de garder le silence sur son compte, et il l'avait si
longuement examiné des pieds à la tête, que notre voyageur, en revenant sur le sentier qui le ramenait au village, se demandait : « Pourquoi donc ce vieux-là m'a-t-il
tant regardé?... » La joie d'avoir si vite fait ses acquisitions,

l'empêcha de s'approfondir sur ses réflexions. Et, quand il avait enfin ouvert sa grande boîte chez monsieur le maire, ce fut avec un cri d'admiration qu'on l'accueillit.

Voilà comment il se faisait, que le jour de la Saint-Vincent, qui était une belle journée d'hiver, la place de l'école offrait un spectacle des plus animés. Chacun avait si bien gardé le silence sur les *surprises*, que c'était drôle de voir les visages étonnés et tous les nez en l'air. On assistait aussi à de singulières exclamations.

— Avez-vous vu le beau saucisson ?...

— C'est au moins une montre comme celle du curé! et la chaîne, donc! elle paraît joliment ébouriffante!...

— Et cette couleur rouge est d'un bon goût! je voudrais bien bien avoir la cravate au moins pour mes fiançailles avec Denise!...

— A propos de fiançailles, tu sais que ce sont les fiançailles de Germaine et de Claude qui nous attirent cette belle fête!... même que c'est à cause de ça que nous allons pour le coup nous amuser! Ah! d'abord, moi je grimpe le premier et j'attrape la belle montre!...

— Avec ça, farceur, que t'es assez adroit ? t'as seulement pas pu tirer un seul coup à la cible ; t'envoies toujours ta balle au diable... As-tu vu sa croix d'or?...

— A qui?

— A Germaine, pardié! et sa jolie alliance... la timbale est très belle aussi !... faut voir le nez de Bernard, par exemple!...

— Oh! celui-là, il passera une drôle de fête!...

— C'est tant pis pour lui! il est trop fier, trop orgueilleux! il y a longtemps qu'il nous dédaigne... hein, pas vrai, comme il se moquait de nous l'an dernier ? A notre tour à présent!...

— Taisez-vous donc! voilà Bernard! c'est pas la peine de

dire tout ça devant lui..... moi, je vous avoue que je ne voudrais pas être dans les souliers de Claude?...

— Poltron! que penses-tu donc que Bernard va lui faire?...

— Dame! qui sait?... Vous savez bien que Bernard n'a pas l'air bon quand il est en colère...

— Bon, bon, bon!... en attendant, le mariage se fera au printemps; et voici qu'on célèbre aujourd'hui les fiançailles.

— Regardez donc par ici Germaine qui arrive avec son beau bonnet blanc; comme sa croix d'or brille au soleil; et son anneau, où est-il?... ah! je le vois! elle fait signe de la main à mademoiselle Ursule... c'est égal, elle n'a pas l'air heureuse!

— C'est son air d'habitude!... est-ce qu'elle est gaie Germaine?

— Et la petite Reine, qu'en dites-vous de celle-là?

— La voici qui se dirige lentement de notre côté. En voilà une qui a l'air d'une sainte vierge, et qui est gentille comme une enfant! Savez-vous qu'elle aura dix-neuf ans à la Chandeleur?

— Vous savez bien qu'elle sera la femme du docteur Hubert.

— C'est pas vrai!...

— Peut-on dire que c'est pas vrai, une chose qui est au su de tout le village!

— Non!... je te parie un verre de vin que c'est pas vrai! tiens, j'ai la preuve moi, et je vas vous la donner!...

— Voyons ta preuve; quant à moi je le tiens de la mère du docteur qui a dit : « La petite Reine pourra être bientôt la femme de mon fils. »

— Tenez, voilà monsieur le maire qui paraît! c'est le signal!... au mât de cocagne, les amis, et vive la joie!...

Les jeunes gens qui causaient si bruyamment s'élancèrent au centre de la fête, et Sylvain Tampont s'accrocha le premier au mât de cocagne.

Seulement, le mât de cocagne, objet de tant de convoitises, avait été si scrupuleusement graissé, qu'il offrait une
surface tout à fait inaccessible; et, en dépit des genoux qui
le serraient, des bras qui l'étreignaient avec force, les jeunes garçons du village glissaient sans cesse, se découra-
geaient, puis recommençaient avec une semblable ardeur,
pour glisser encore, ce qui occasionnait de formidables éclats
de rire.

Les ouvriers endimanchés circulaient çà et là, quelques-uns
réunis en bande pour s'amuser. Les fillettes n'étaient pas
les moins rieuses; elles se donnaient le bras, dix ou douze à
la fois, et elles allaient d'une boutique à l'autre, en tenant
toute la largeur de la voie.

Il y avait nombre de gentilles boutiques installées en plein
vent; tout bonnement, une table couverte d'un drap bien
blanc, et sur cette toile, étalés pêle-mêle, des peignes en
corne; des jarretières rouge et bleues; des cravates oranges,
ou violettes, ou vert pomme; des rubans, des oranges, des
petits moutons en carton pour les enfants; et ces grosses
poupées habillées qui n'ont qu'une tête en carton, peinte ou
plutôt enluminée de couleurs, ornées de jupes en tarlatane
rose et blanche découpée; ces poupées enfin, qui font l'admiration des grands et des petits. Un peu plus loin, on ven-
dait de la galette chaude et des brioches si appétissantes que
l'eau en venait à la bouche des enfants et des grandes per-
sonnes.

Les petits garçons achetaient des billes en terre de toutes
les couleurs; les bonnes ménagères pensaient à remplacer
leur poêle à frire, leur soupière ébréchée et leurs assiettes
fêlées; elles tenaient un conseil devant la plus grande boutique, où se trouvaient réunis les plus indispensables ustensiles de ménage. Le père Fabien voulut acheter quelque chose
pour faire honneur au marchand, et il fit l'acquisition d'un

énorme soufflet, tout en faisant observer qu'il n'en avait pas
besoin.

On vit arriver la vieille Madeleine, qui fit choix d'une belle
soupière à palmes bleues.

Il faut dire que M. Albert avait partagé toutes les brillan-
tes surprises de sa grande boîte entre les plus pauvres du
pays, afin qu'en vendant ensuite ces objets aux prix connus
et raisonnables, ils puissent s'enrichir un peu. Cela avait
été une joie immense pour les pauvres gens, et ils s'étaient
empressés de monter leurs boutiques, en se servant des
meilleurs draps de leur maison, de la table la plus solide, sur
laquelle ils avaient même placé, tout au milieu, une lampe
et des bougies, afin de pouvoir vendre encore à la nuit. Il y
avait douze boutiques, sans compter celle des ustentiles de
ménage et des marchands de gâteaux.

Jamais fête n'avait été si brillante. C'est surtout autour du
mât de cocagne qu'on riait. Monsieur le maire exhortait les
jeunes gens à la patience.

Le père Fabien leur prédisait qu'ils auraient de la
chance en se mariant, puisqu'il n'en avaient point au mât de
cocagne.

La mère du docteur donnait des gâteaux aux enfants, des
joujoux aux marmots, des rubans aux jeunes filles.

Le docteur Hubert traversait la foule au bras d'Albert, et
Reine marchait à côté de celui-ci ; elle était toute rose, la
petite-fille d'Antoinette avec ses nattes brunes attachées en
diadème sur le sommet de sa tête, son petit corsage de
velours noir des dimanches, et son jupon bleu à gros plis.
Tous trois riaient en causant. Ils s'arrêtèrent pour parler à
monsieur le maire, et formèrent un groupe près du mât de
cocagne.

En ce moment, des voix joyeuses criaient : « Il l'attrapera !
il l'attrapera pas !... Il l'a enfin !... Ah ! c'est Basile qui a la
montre !

— Ça n'a rien d'étonnant! il est si grand ce garçon-là qu'il n'avait guère besoin de grimper pour l'avoir; il n'avait qu'à étendre le bras!...

— C'est une méchanceté de Sylvain! s'écria Philippe.

Une explosion de rire s'arrêta soudain, et les têtes se tournèrent avec curiosité. C'était pour regarder Germaine marchant à côté de Claude Morand.

Elle était si pâle sous sa coiffe blanche, et en même temps si grave, si jolie que chacun l'admirait.

Quant à Claude, il était épanoui dans son faux col largement ouvert. On entendait de loin sa grosse voix qui disait :

— Viens choisir aussi, Germaine, quelques jolies choses. Salut, mes enfants : amusez-vous bien, et vive la joie!

La vue de la filleule du maire rappela à quelques-uns le pauvre Bernard.

— Où diable est donc Bernard? s'écria un des garçons, on ne l'a pas vu une seule fois depuis ce matin !

— Si fait, répondit Sylvain ; il a même passé tout près de nous; je comprends que tu ne l'aies pas remarqué, car il était fort silencieux.

Germaine l'a entendu, mais son visage n'exprime aucun trouble, et elle tourne les yeux du côté de Sylvain pour le regarder froidement. Le jeune garçon paraît gêné par ce clair regard.

Il est nécessaire que nous retournions de quelques heures en arrière.

C'était à cette heure matinale où il fait si bon respirer l'air pur de la campagne, et contempler les premiers rayons d'un soleil d'hiver sur un beau ciel bleu. La température était douce et molle; la nature semblait morte encore, mais on sentait que bientôt, du sein de cette terre endormie, la sève monterait et se répandrait partout.

Cette espérance du printemps qui chante dans le cœur de chacun, mettait cependant une affreuse torture dans le cœur

7

d'un homme, de Bernard! Pour lui, penser au printemps, c'était penser au mariage de Germaine; il ne pouvait se résigner à la voir mettre sa main dans celle d'un autre!... Ah!... il se souvenait des jours heureux de leur enfance à tous deux, où ils s'en allaient dans les champs, se tenant par la main!... La petite Germaine aimait à courir dans les blés, cueillant des bleuets, des coquelicots et des marguerites; et quand elle avait fait une riche moisson, elle s'asseyait sur le bord du chemin, la jupe remplie de ses fleurs, et elle en faisait des bouquets pour donner à Madeleine, afin que celle-ci les mît dans les beaux vases bleus qui étaient sur l'autel. Lui, Bernard, il était debout devant la petite fille, lui présentant une à une les fleurs. Quelquefois il grimpait dans les arbres où il avait remarqué les allées et venues des oiseaux, et il rapportait un nid à Germaine; mais celle-ci le grondait, et lui faisait reporter le nid à la place où il l'avait pris.

Et puis, quand ils allaient ensemble à l'école, comme elle était studieuse et intelligente la petite Germaine! C'était plaisir de la voir s'appliquer à faire sa page d'écriture, la tête un peu penchée sur son cahier, les joues rouges et le front en sueur; ou bien, quand la maîtresse racontait une histoire, comme elle écoutait attentivement, la belle petite Germaine! Comme elle ouvrait ses grands yeux bruns si doux et sa petite bouche si fraîche, afin de ne point laisser échapper un seul mot de tout ce que disait mademoiselle Ursule!

Aussi, il arrivait quelquefois que Bernard, qui avait eu des distractions, ne savait pas sa leçon; mais Germaine, si complaisante, n'était-elle pas là pour la lui souffler!

L'amitié n'est-elle pas ce que Dieu nous met au cœur de plus pur et de meilleur! Ces deux enfants du même âge, nés dans le même pays, réunis chaque jour par les mêmes occupations, beaux et intelligents tous deux, étaient bien faits l'un pour l'autre!

Bernard se rappelait amèrement le jour de la première

communion, lorsque tous deux, les premiers du premier
rang, marchèrent à la sainte Table, pour recevoir en même
temps le Dieu d'amour qui voulait bien descendre dans leurs
petits cœurs, s'y reposer et les bénir, ces deux pauvres
enfants...

Mais, pourquoi, au seuil de l'adolescence, le caractère de
Germaine et de Bernard avait-il changé? Germaine plus
sérieuse, plus travailleuse, plus occupée des autres que d'elle-
même, semblait s'élever davantage vers Dieu, et se destiner
à quelque bonne cause. Bernard devenait fier, dédaigneux,
moqueur avec ses camarades, qu'il trouvait bien au-dessous
de lui; et ce n'est qu'à sa chère petite amie qu'il donnait le
droit de le prêcher doucement, le grondant, lui montrant le
tort qu'il avait d'être orgueilleux, avec l'amitié qu'elle mettait autrefois pour lui apprendre ses leçons.

Ah! comme tout avait changé!

Bernard soupirait profondément tout en se dirigeant à
grands pas derrière la maison de monsieur le maire, longeant
le petit mur du jardin, et s'arrêtant un instant contre la
frêle barrière de la petite cour, dans l'espoir d'apercevoir Germaine.

Ce qu'il lui dirait, le savait-il ?... Ses pensées bouillon-
naient dans son cœur orgueilleux et le poussaient à la révolte.
La haine qui grandissait en lui et qu'il ne savait au juste à
qui appliquer dans son égarement, était une bien mauvaise
conseillère pour le malheureux Bernard. Claude Morand et
le maire était les deux êtres que sa haine devait frapper en
premier... puis, tous ces garçons moqueurs comme Sylvain
et ses amis, ne méritaient-ils pas une bonne correction?... et
Germaine donc!... Mais en moment même, parut Germaine,
et toute l'irritation de Bernard tomba, ainsi que la neige qui
fond au soleil. La douce clarté des yeux de la jeune fille
venait de ramener dans le cœur du jeune homme des sentiments de bienveillance.

— Germaine!... s'écria-t-il.

Germaine tressaillit comme quelqu'un qui ne s'attend pas à être surprise, mais elle se remit aussitôt, et répondit en souriant :

— Bonjour, Bernard, pourquoi me surprenez-vous ainsi ? vous m'avez fait presque peur. J'allais donner à manger à mes poules ; allons, n'entendez-vous pas le tapage qu'elles font ?...

Bernard ouvrit la petite barrière, et suivit la jeune fille, regardant sans voir, tous ces volatiles qui se culbutaient autour d'eux, pour recevoir les graines que Germaine répandait.

Quand Germaine eut fini de verser ses graines, elle laissa retomber son tablier, et s'appuya le dos à la charmille. Bernard alors s'écria :

— Est-ce vrai qu'aujourd'hui, Germaine, vous allez devenir la fiancée de Claude ?...

— Il n'y a plus à revenir sur ce que Dieu a décidé, sans doute, répondit gravement Germaine ; mon parrain, à qui je dois respect et obéissance, a exigé que je promette ma main à Claude, et je me soumets entièrement à sa volonté... Renoncez donc, je vous en prie, à des espérances que je n'ai jamais encouragées, Dieu m'en est témoin... et, surtout, je vous le recommande, continuez à servir avec zèle et dévouement votre patron...

— Croyez-vous donc que je vais être le chien couchant de cet homme ?... interrompit aussitôt Bernard, comme s'il rugissait ; et ses mains cassaient violemment les lattes pourries qui formaient la barrière.

Germaine pâlit.

— Comme vous êtes violent, Bernard !... Oh ! cela n'est pas bien de vous laisser emporter toujours par vos mauvais sentiments ! Voilà longtemps que je vous prédis que l'orgueil et la colère vous gâteront le cœur ; vous étiez bon, vous êtes intelligent, vous pourriez vous servir de ces qualités pour faire le bien, et vous tournez tout cela vers de mauvaises pensées.

— C'est de votre faute, dit Bernard durement. Si vous aviez voulu, j'aurais été bon, dévoué, généreux !... Ah ! ajouta-t-il, presque pleurant — oui, j'aurais eu le cœur plein de bons sentiments; car il me suffisait de vous voir et de vous entendre pour comprendre que je faisais mal, et pour chasser loin de moi les pensées de la vanité... Je vous dis que je hais votre parrain qui vous pousse à cette union !... Je hais ce Claude que la fortune a déjà favorisé plus que personne ici !... Je ne veux pas, moi, que vous épousiez ce Claude Morand !...

Germaine le regarda d'un air qui voulait peut-être dire : « De quel droit parlez-vous ainsi ! » mais elle comprit qu'il ne fallait pas augmenter son irritation, et elle répondit, après un instant de silence :

— Si vous aviez de l'amitié pour moi, Bernard, vous ne me feriez pas la peine que vous me faites en ce moment. Croyez-moi, restez mon ami comme vous avez toujours été; je ne vous refuserai jamais mes conseils, et je vous conserverai mon estime... mon affection...

Bien que sa voix s'efforçât d'être calme, on sentait qu'elle était attendrie.

Bernard ne pouvait comprendre ce qui se passait dans l'âme de Germaine, parce qu'il était trop aveuglé par ses propres passions.

La filleule du maire sentit la nécessité de rompre cet entretien, et elle s'efforça d'être calme et rieuse, pour communiquer un peu de tranquillité au pauvre Bernard.

— Voyons, Bernard, ajouta-t-elle après quelques secondes pénibles, employées par le jeune homme à casser la palissade, que vous a fait cette pauvre barrière pour que vous la brisiez ainsi ?... Calmez-vous, levez la tête, regardez en haut ce beau globe rouge qui descend de notre côté et qui nous communique tant de bien ! Dieu, qui a fait luire ce beau soleil pour les hommes, ne peut vouloir leur malheur ; Dieu désire que nous sachions porter les épreuves qu'il nous envoie... mais c'est agir comme l'enfant ignorant que de se débattre contre sa destinée... puisque l'avenir ne nous appartient pas...

— Il y a toujours dans vos paroles, Germaine, quelque chose qui me dit d'espérer... cependant ce soleil qui éclaire un jour à jamais néfaste, ne se couchera point avant que Claude ait fait glisser à votre doigt l'anneau des fiançailles !... Que voulez-vous donc me faire entendre par ces mots : « L'avenir ne nous appartient pas ?... »

— Je veux, Bernard, vous faire comprendre que nous ignorons tous ce qui arrivera demain ; celui qui nous a sortis du néant peut nous y faire rentrer si cela lui plaît ; nous n'avons pas le droit de lutter contre la destinée ; le mieux que nous puissions faire, c'est d'accepter tout sans murmurer, et d'espérer toujours en la bonté de celui qui nous gouverne...

— Hélas !... que voulez-vous que j'espère ?... les événements m'ont bien prouvé que c'était fini !...

— Ne serez-vous plus mon ami ?...

— Non, je ne veux pas de cette amitié... Vous entendez, Germaine, c'est mon dernier mot, je ne laisserai pas cet homme m'arracher mon bonheur !...

Il s'arrêta, tremblant, ne se maîtrisant plus ; d'un mouvement violent, il venait d'arracher la porte-barrière, et il la lançait au milieu des poules et des canards qui s'enfuyaient épouvantés ; puis, honteux de lui-même, voyant que la jeune fille lui tournait le dos et s'apprêtait à s'éloigner, il s'en alla à grands pas, comme il était venu, la mort dans l'âme et la rage dans le cœur. . . . .

Germaine eut ensuite une conversation intime avec sa

pieuse amie, Mlle Ursule, et nous no nous permettrons pas de soulever le voile de cette espèce de confession. Qu'il nous suffise d'ajouter que l'une des deux amies versa dans le cœur de l'autre, une suffisante provision de courage. Ce qui nous expliquera comment il se fit que la jeune fille parut au déjeuner, entre son parrain et Claude Morand, avec un front serein, le sourire sur les lèvres. Elle était résignée, et elle abandonnait à la Providence le soin de ramener Bernard à de meilleurs sentiments.

Voici ce qui s'était passé quelques heures avant l'ouverture de la fête.

Les villageois exerçaient leur adresse au tir, et se trouvaient heureux quand ils avaient bien visé ; les boutiques se vidaient, grâce à la générosité des acheteurs et à la complaisance d'Albert, qui s'était mis gaiement à acheter toute une collection de peignes, de cravates et de colifichets, qu'il offrait aux jeunes filles les plus pauvres.

Le maire dévalisait à son tour la boutique d'ustensiles de ménage, envoyant le marchand porter toutes ces choses chez lui, afin d'enrichir sa filleule ; la mère du docteur avait réuni autour du marchand de galettes tous les enfants du village, et elle leur faisait une large distribution. Quant au docteur Hubert, plus radieux que les autres encore, il demanda à Reine si elle ne voulait pas penser aussi à monter son ménage. Pendant ce temps, le père Fabien s'était approché vivement, et il avait murmuré quelques mots à l'oreille d'Albert qui s'était éloigné aussitôt. Reine tourna ses regards du côté où celui-ci s'en allait.

— Où donc s'en va si vite, monsieur Albert ?... demanda la jeune fille inquiète et presque triste.

— Il va revenir sans doute, allons de ce côté en l'attendant ; regardez comme ces gens sont heureux en jouant aux macarons ; voulez-vous tirer à votre tour ?...

Les bruits de la fête continuaient ; la petite place était fort animée en ce moment ; tout ce que le village renfermait d'habitants était réuni en cet endroit ; jeunes et vieux ne songeaient qu'au plaisir ; il n'y avait qu'un visage de sérieux : c'était celui de Germaine, et un regard d'attristé, c'était celui de mademoiselle Ursule ; quant à Reine, elle jouait aux macarons comme une enfant qui oublie en une minute la préoccupation qui l'a assombrie.

Avant de nous occuper du motif qui avait occasionné cette mystérieuse apparition du père Fabien au milieu de la fête, nous suivrons d'abord les pas de Bernard, qui a quitté si précipitamment Germaine, après avoir brisé la fragile barrière qui servait de clôture à la petite basse-cour de monsieur le maire.

CHAPITRE XI

Il s'est éloigné d'abord très rapidement, et, tournant le petit sentier qui conduit à la campagne; il marche sans savoir où il va: il court presque, il vole plutôt! Ce qu'il lui faut en ce moment, c'est dévorer l'espace, aspirer à pleins poumons de larges bouffées d'air, rafraîchir son front brûlant, et calmer son sang qui paraît bouillir dans ses veines.

Sur son passage, il brise les buissons qui sont si beaux l'été, lorsque la jolie rose des haies vient étoiler les épais massifs. Il frappe du pied avec colère et se livre à tous les actes d'une violence insensée. Mais, peu à peu, cet air qui l'enveloppe a pénétré sa chair; la brise du matin est fraîche; et là-haut, au milieu de cet azur sans tache, se lève cet astre bienfaisant qui ranime, encourage et fortifie les plus malheureux.

Bernard se souvient des dernières paroles de Germaine: « Dieu qui a fait luire ce beau soleil pour les hommes ne peut vouloir leur malheur... »

Et pourtant, comme il se sent désespéré! Il ressemble à

ces enfants gâtés qui n'ont jamais été contrariés et qui se
mettent à crier de douleur à la première affliction.

Savent-ils seulement ce qu'ils disent, ces enfants gâtés,
lorsqu'ils prononcent dans leur colère des injures et des
menaces?

Bernard en a prononcé, lui, des menaces, et ses paroles
ont paru épouvanter Germaine. N'a-t-il pas répété à plusieurs
reprises que son mariage ne se ferait pas?... Et que pour-
rait-il donc faire pour l'empêcher? À cette heure qu'il est
plus calme, et que la réflexion est possible, il se dit: «Oui,
que pourrai-je faire pour empêcher Germaine d'épouser
Claude Morand?... Je ne suis pas un assassin, moi!... » Je
ne sais quel démon lui avait inspiré la pensée de tuer son
rival, mais tout ce qu'il y avait d'honnête dans son âme lui
avait arraché aussitôt ce cri d'indignation.

Tout en marchant ainsi, il s'était beaucoup éloigné; mais
peu lui importait; qu'avait-il à faire au village, un jour de
fête?...

Alors, une pensée nouvelle jaillit de son cerveau, et il
s'étonna qu'il ne l'eût jamais eue; c'était sans doute son maudit orgueil qui l'avait empêché de confier sa secrète douleur
à son patron qui lui témoignait cependant une paternelle
affection; ah! s'il avait été à lui loyalement; s'il lui avait
ouvert son cœur. Claude est si bon, qui sait?... Il aurait
renoncé à épouser la filleule du maire... Du reste, Claude
n'est plus jeune; Claude pourrait être le père de Bernard et
de Germaine qu'il traitait même autrefois comme deux
enfants. Comment donc pouvait-il avoir l'idée de faire sa
compagne de cette petite fille?...

Quand une espérance vient à se glisser dans un cœur
découragé, elle lui prête une nouvelle force; c'est un rayon
de soleil au milieu de l'orage; c'est l'étoile pure et scintil-
lante après la tempête; c'est le baume qui rafraîchit les plus
cruelles blessures.

Bernard a donc pensé à son patron; il peut lui ouvrir son cœur, le supplier, si cela est nécessaire; il saura bien trouver des mots pour l'attendrir; il saura bien mettre sa sotte vanité sous les pieds de son affection humble et dévouée!... Oh! que ne ferait-il pas!...

Et il revient sur le chemin qu'il a parcouru dans la campagne; il reprend le sentier qui ramène au village, tout le long des buissons sans verdure qui représentent l'image de la mort.

Il a atteint le chemin planté de vieux chênes qui conduit à l'usine; le terrain, amolli par les dernières neiges fondues, conserve l'empreinte de ses pas. Le front baissé vers la terre, Bernard a l'air de compter ces marques fragiles, mais sa pensée est ailleurs; il se demande comment il va aborder son patron: n'importe... les mots lui viendront bien tout seuls; sous l'inspiration, on dit souvent mieux que lorsqu'on s'est préparé d'avance.

D'une main assurée, le jeune homme a poussé la porte d'entrée qui conduit au vestibule. Aucun bruit ne se fait entendre; il présume que Claude Morand est dans son cabinet de travail, occupé à vérifier ses comptes qu'il n'a pas eu le temps de voir la veille, et il entre d'un pas précipité dans cette petite pièce mi-obscure, encombrée de paperasses et de vieux livres, où son patron et lui ont tant de fois travaillé ensemble.

Claude n'y est pas; il n'est pas venu; Bernard en est certain, car il retrouve le registre à la même page et placé comme il l'avait laissé; mais Bernard est sûr que Claude Morand viendra dans son cabinet jeter au moins un coup d'œil.

En l'attendant, le jeune homme s'assied dans le petit fauteuil de paille où il a coutume de se mettre pour travailler; sa main impatiente froisse les feuillets du livre; puis, bientôt, il repousse violemment les papiers qui encombrent le

bureau, pose ses deux coudes sur son buvard, et reste le
front dans ses mains, absorbé dans une douloureuse rêverie.

Un bruit léger, produit à la porte d'entrée, fait lever la
tête de Bernard: des pas s'approchent: voici sans doute son
patron. Il s'est levé brusquement, dans l'attente d'un pénible entretien, mais il puise en lui-même du courage; il veut
en finir; il fait taire ses pensées d'orgueil, et... un cri de
surprise lui échappe malgré lui: l'homme qui vient d'entrer
dans le cabinet de travail n'est pas Claude Morand...

C'est un homme vieux, un peu cassé par l'âge, et cependant encore très vigoureux. Son visage sillonné de rides,
hâlé par l'air et le soleil, ressemble à une vieille toile de
navire qui a subi de bien mauvais temps; sa chevelure est
rousse, mêlée de fils d'argent; il porte toute sa barbe, plus
blanche que ses cheveux, qui ressemblent à des broussailles
couvertes de neige. Son costume est pitoyable; l'usure des
vêtements atteste la misère sans doute, mais la façon dont
cet homme est habillé dénote plutôt une négligence et une
indifférence peu ordinaires; une mauvaise veste, qui a été
noire, couvre ses épaules robustes, tandis qu'une ficelle qui
retient le pantalon, déchiré aux genoux, fait plusieurs fois
le tour de sa taille; son chapeau ressemble à un vieux carton
gris auquel on aurait donné l'apparence d'un couvre-chef.
Enfin, le regard qui luit sous les paupières de cet homme
n'est pas un regard qu'on aimerait rencontrer la nuit au
milieu d'un bois.

Mais Bernard qui cherche à rassembler ses souvenirs, finit
par s'écrier:

— Comment se fait-il que ce soit vous, père Michel? vous
qu'on croyait mort depuis longtemps, car vous ne veniez
plus au village!... et que venez-vous faire ici?...

Le vieux colporteur, car c'est lui en effet, a paru surpris
d'abord de trouver Bernard à la place de celui à qui il avait
sans doute affaire; mais, se remettant aussitôt, et comme

s'il était très aise de la rencontre, il répondit d'un air goguenard.

— C'est ça, on me croyait mort !... tout de suite !... enterré !... et, a-t-on dit des prières pour mon âme, au moins ?... le bon curé a-t-il dit des messes pour moi ?... Ah ! ah ! ah ! il n'y a pas de danger, un vieux diable comme moi; un vieux dur à cuire ! un mauvais sujet !... est-ce qu'on fait des prières et est-ce qu'on dit des messes pour des gueux de mon espèce ? allons donc ! Un contrebandier ! Un gibier de potence !... pas vrai ?... en fin de compte, Michel n'est pas mort, puisque le voilà !... et si tu avais été plus avant dans les bonnes grâces de ton patron, tu aurais su, Bernard, que c'est Claude Morand qui me payait pour ne plus venir monter l'esprit des gens d'ici, comme il disait ; et j'avais accepté pour quelques misérables écus... aussi, je venais lui dire sur le ton de l'autorité... et au nom de la liberté de l'homme, que j'entendais être libre, nom d'un chien !... venir ici quand ça me plairait, morbleu !... dire aux gens que ce sont des imbéciles !... des imbéciles comme toi, grand benêt, qui te laisse souffler ta promise.

— Qu'en savez-vous, Michel? Je ne vous donne pas le droit de me parler sur ce ton, entendez-vous, vieux loup !...

— Tu ne me donnes pas le droit, c'est-à-dire, mais je le prends, voilà tout ! Ah ! tu m'as l'air d'un fameux coléreux, Bernard, et tu pourrais bien te faire tirer les oreilles... Pourtant, je vais te prouver que je suis plus porté pour toi que pour ton patron.

Michel s'était assis sans façon en face de Bernard qui était resté debout, appuyé contre le bureau ; la porte entr'ouverte battait par moments, agitée par le courant d'air ; le vent apportait parfois les bruits lointains de la fête, bien que cette partie du village fût un peu isolée.

— Tout le monde est en train de s'amuser, dit Michel ; je sais ça, c'est jour de fête, même qu'un beau monsieur

est venu par hasard m'acheter toute ma boîte de colporteur,
pour en faire présent sans doute aux badauds de par ici :
d'où vient-il ce gaillard là ? Je voulais demander ça à Robert ;
mais faut croire que le portrait que je lui en ai fait est bien
attrayant, car mon vieux camarade a dit qu'il descendrait à
la nuit par ici et qu'il le saurait ; d'autant plus qu'il a des
intérêts ici, à ce qu'il dit, vu que sa mère est la vieille Antoinette, ce dont je me doutais, du reste.

— Qu'est-ce que vous me contez là, Michel ? Le Robert
dont vous me parlez serait le fils d'Antoinette, c'est-à-dire le
gueux qui m'a si fort effrayé quand j'étais gamin, lorsqu'il
a traversé le village pour se rendre chez Gertrude ?

— Oui, mon petit, ce gueux, comme tu lui fais l'honneur
de l'appeler, est le même Williams Robert, un fameux,
celui-là ! le fils de votre vieille Antoinette, et le camarade
que je me fais l'honneur d'appeler mon meilleur ami, depuis
qu'il m'a rendu quelques petits services, comme qui dirait
de m'empêcher d'être pris par les gendarmes, ce qui équi-
vaut à m'empêcher d'être décapité...

— Où voulez-vous en venir, enfin, et pourquoi êtes-vous
ici ?...

— Pourquoi ?... qu'est-ce que ça te fait à toi ? en voilà-t-il
pas un curieux !... est-ce que je vais te rendre des comptes,
à présent ?...

— C'est qu'en l'absence du patron je dois veiller ici, et je
ne dois pas laisser entrer dans sa maison des drôles de votre
espèce.

— Des drôles de mon espèce ?... as-tu fini, petit pendard ?
Que je vais t'apprendre à me respecter, oui !... mais c'est
comme ça ; la jeunesse aujourd'hui ne respecte pas les hommes d'âge, et se permet de vouloir leur faire la morale !
Pour ce qui est de la morale, tu sauras, Bernard, que c'est
pas à un lâche comme toi à me la faire...

— Un lâche !... interrompit le jeune homme furieux ;

ah ! si vous n'étiez pas un vieillard, vous me rendriez raison
de cette insulte !

— Commence donc par demander raison à Claude Morand
si tu n'es pas un lâche... hein, qu'en dis-tu !...

— D'abord, je pourrais vous dire que cela ne vous regarde
pas, et que vous n'avez aucun intérêt à vous mêler de mes
affaires...

— Je t'arrête, petit...; je vais te prouver, au contraire,
que je m'intéresse à tes affaires; ne fais pas l'étonné, va;
est-ce que je ne t'ai pas vu grandir dans le pays? Depuis que
je roule ma besace sur les chemins, ne m'as-tu pas vu descendre souvent par ici? Est-ce que mon vieux visage était
chose si effrayante à voir alors, quand j'ouvrais ma grande
boîte noire et que tu fouillais d'une main impatiente dans
ma marchandise, cherchant un beau ruban rose, me disant
de ta voix sucrée: « N'auriez-vous pas quelque chose de
mieux que tout ça, père Michel ? C'est pour Germaine !... Ça
voulait dire que rien n'était assez joli; et crois-tu qu'il n'y a
pas un cœur qui bat sous ma rude enveloppe, et que je pourrais ne pas avoir de l'indulgence pour les jeunes gens?
D'autant que Germaine était compatissante pour moi, et
qu'elle y allait toujours d'un peu de vin, un morceau de pain
blanc et surtout de douces paroles... T'imagines-tu enfin que
je suis taillé dans la vieille roche grise ?... Pour ce qui est
de Claude, c'est différent; il m'a humilié plus d'une fois; il
m'a rudement sermonné, me menaçant des gendarmes; et,
finalement, il m'a défendu de reparaître ici. Il est vrai qu'il
adoucissait sa défense avec quelques-uns de ses gros écus,
et qu'il me faisait promettre de le tenir au courant des habi-
tudes populaires. De sorte que moi, j'y allais franchement,
je lui rapportais ce qui se disait et se manigançait de l'autre
côté. Tu sais peut-être pas, Bernard, que c'est pas une raison parce que c'est tranquille ici, dans cette vallée qui semble au bout du monde, pour que ça soit aussi paisible par

là-bas ; ici c'est le ruisseau qui coule tout doucement ; là-bas
c'est le torrent qui tombe de haut, entraînant tout sur son
passage. Il vient des grandes villes, ce torrent-là, et il détruit
tout ; c'est comme qui dirait un géant qui marche avec une
grande faux et qui coupe tout sur son passage ; les églises
rasées, les bourgeois, les richards, les nobles surtout, tout
y passe !... c'est le siècle de l'égalité, de la liberté, entends-tu,
Bernard ?... Mais je ne te dis pas cela aussi bien que Robert ;
il a la langue bien pendue celui-là ; et, entre nous, il a failli
déjà être pendu ! tu verras ça ! car, il faut te dire que Robert
va descendre par ici pour parler à sa mère, et faire entendre aux habitants qu'il faut qu'ils ne soient pas si bêtes que
de travailler pour un homme qui leur met le talon sur la tête
et qui les opprime.

— Michel, taisez-vous ! s'écria Bernard fort pâle ; vous
parlez ou comme un fou ou comme un méchant homme ;
vous venez me faire entendre des choses que ma conscience
ne peut écouter... sortez ! ou je vais prévenir monsieur le
maire...

— Ta, ta, ta !... quelle chanson pour m'intimider ; est-ce
qu'on m'intimide moi ? est-ce qu'on me fait peur ?... Je vais
aller sur la place, et je verrai plus de cent mains tendues
vers moi ; plus de cent voix m'interrogeront sur ce que je
suis devenu, et si je leur dis à ces braves gens : « C'est Claude
Morand qui ne voulait pas que je vous tienne au courant »,
crois-tu qu'il seront fâchés contre moi ou contre lui ? Déjà, je
vois que les vieux grondent pas mal ; car, quand on a vécu
on a de l'expérience, on sait ce qu'il en retourne, et on prend
les gens pour ce qu'ils sont. Enfin, ça peut pas être toujours
de l'eau de rose, l'existence, il faut qu'elle ait son heure de
tourmente aussi bien que dans les autres pays ; si on le
laissait faire, votre Claude Morand, il vous payerait tous
moins encore, et vous ferait trimer comme de pauvres che-
vaux de manœuvre ; mais, pas de ça ! il ne faut plus qu'il

trouve un homme de bonne volonté ici pour venir travailler
dans son usine; il faut que les portes soient fermées et
qu'on y affiche qu'elles se rouvriront s'il veut bien peser son
or aux malheureux, faire plus d'aumônes et bien mieux
payer ses ouvriers... Toi, ça sera ton affaire aussi, car
ça va empêcher son mariage...

— Comment!... pensez-vous cela?... demanda Bernard
avec un éclair dans les yeux...

— Ah! on dirait que le poisson mord à présent... Es-tu
bête de ne pas voir que Claude Morand ne pourra pas songer
à se marier quand il verra ses affaires si embrouillée?... As-
tu peu d'esprit, mon pauvre Bernard! Crois-tu qu'il pourra
songer à la noce, quand il verra son usine fermée? Il passera
son temps à réfléchir; il amassera les gens pour les rappeler
au travail; il se fera orateur, morbleu! et pendant ce
temps-là, Germaine, si elle était fille énergique, te donnerait sa parole de ne pas se marier avec ton patron... Mais,
rassure-toi, la fortune de Claude a pas mal tapé dans l'œil du
maire; c'est pour cela qu'il a conseillé sa filleule, et quand
Claude sera menacé de perdre sa fortune, votre maire gar-
dera sa filleule; comprends-tu maintenant?

— Ah!... dit Bernard d'un air sombre; si vous me pro-
mettiez qu'il n'y aura pas de sang versé...

— Nous prends-tu pour des assassins, par exemple?...
s'écria le vieux Michel en enfonçant d'un coup de poing son
vieux chapeau qu'il se mit ensuite à redresser tranquillement,
en disant d'un air paisible: il en a bien vu d'autres et je te
conseille, mon petit, de ne jamais recevoir le coup de poing
que je viens de lui administrer à mon vieux casque, ça
pourrait te démolir. Finalement, dors sur tes deux oreilles,
et ne te tourne pas le sang; c'est pas ça qui arrange les
affaires, au contraire. Demain il fera jour, et il y aura du
nouveau par ici...

8

Le vieux colporteur se leva brusquement en achevant ces mots.

Voilà que je pérore, reprit-il, et j'oublie que mon camarade m'attend. Ne dis pas à ton patron que je suis venu; toute réflexion faite, ce serait le mettre sur ses gardes; il vaut mieux qu'il ait la surprise... une bonne petite surprise... et, sans adieu! Bernard...

Michel se dirigea vers la porte et sortit de l'usine d'un pas aussi rapide qu'un jeune homme.

Qu'allait faire Bernard? Sa conscience lui reprochait de garder le silence, de ne pas prévenir le maire afin qu'il prît ses mesures pour empêcher l'homme qu'on venait de lui signaler d'entrer dans le village.

Oui, mais alors les événements suivraient paisiblement leur cours! Bernard sentit la colère le gagner; il trouvait donc enfin l'occasion de voir accomplir ses désirs de vengeance! un autre se chargeait d'arrêter Claude dans ses projets audacieux, et il ne le laisserait pas faire!...

Bernard quitta l'usine, jurant de ne plus y remettre les pieds; il allait s'enfermer chez lui, en attendant les événements. Mais, il lui fallut traverser la fête; il entendit ses camarades se livrer à de joyeux divertissements; il aperçut quelques regards moqueurs fixés sur lui, et il s'enferma dans sa demeure, le cœur déchiré par mille pensées douloureuses.

Le père Fabien avait vu sortir Bernard de l'usine; il avait aussi rencontré le vieux colporteur et, redoutant quelque mauvaise intrigue entre ces deux hommes, il avait pensé que monsieur Albert pourrait bien lui donner son avis là-dessus.

CHAPITRE XII

« Du fond de la Vallée, le 2 janvier...

« Tu dois t'étonner, mon cher Antoine, de me voir pro-
« longer mon séjour à la campagne, dans un pauvre pays
« que tu qualifies sans doute de vilain trou. Et comment
« s'étonner pourtant, de voir une âme aussi attristée que la
« mienne préférer la solitude aux bruits de la foule, et comme
« horizon, ce splendide espace mille fois plus beau que la
« mer humaine qui roulait sous ma fenêtre, à Paris... Oui,
« nous sommes cependant dans une triste saison; la neige
« est tombée abondamment par ici, et lorsque je me prome-
« nais chaque matin, je regardais avec regret la tête des
« verts sapins qui ployait sous son poids de neige; les
« buissons qui étendaient leurs bras décharnés, et la mon-
« tagne toute blanche, étincelante au soleil, et se détachant
« si bien dans l'ombre des bois toujours verts. Oh ! que je
» serai heureux, quand je verrai refleurir les haies et les
« buissons: Quand la fraîche feuillée qui réjouit tous les
« yeux s'étendra comme une tunique flottante tout le long
« des sentiers !... Tu le vois, ami, je patiente, j'attends le
« printemps, car je veux le voir ici !

« Je pense que la Providence, dans les chagrins de la vie,
« nous ménage quelques compensations; ce sont comme
« des étapes, où l'homme se repose un peu sur le dur che-
« min, déposant son lourd fardeau avant de se remettre en
« route. Je t'assure qu'il y a ce soir une mollesse répandue
« dans l'air qui fait penser à l'automne. La pluie et le soleil
« ont fait fondre la neige; c'était fête au village, et j'ai par-
« ticipé aux divertissements des braves habitants, comme
« un enfant joyeux qui se laisse entraîner par le plaisir des
« autres. Il faut si peu de choses pour rendre heureux le
« paysan: un mât de cocagne, c'est la suprême joie! Et com-
« bien y en a-t-il dans le monde qui s'élancent avec intré-
« pidité pour atteindre les objets de leur ambition? Les posi-
« tions les plus disputées ressemblent assez à celle que l'on
« obtient en grimpant au mât de cocagne; elles sont presque
« aussitôt suivies d'une glissade. Mais ici, on est heureux!
« Le suis-je, moi? me diras-tu.
« Ah!... je te répondrai que le cœur de l'homme se con-
« tente souvent de bien peu. Je ris ici du bonheur de ceux
« qui m'entourent, et je ramasse les miettes que l'on veut
« bien me jeter. Aujourd'hui, c'étaient les fiançailles du per-
« sonnage le plus riche du pays, le maître d'une usine qui
« fait travailler presque tous les habitants; la fiancée est la
« filleule du maire; c'est une jolie fille qui est vraiment trop
« sérieuse et trop accomplie pour une paysanne. Mais, voilà
« que j'y pense, et que je m'écrie: Reine n'est pas autre
« chose qu'une paysanne, et pourtant je l'oublie toujours!
« Oui, je l'oublie quand je la vois marcher légère et gra-
« cieuse, son beau front si pur levé vers le ciel; elle me fait
« involontairement penser à la petite sœur que j'ai perdue
« et qui aurait son âge à peu près. Nulle part je n'ai encore
« trouvé ce charme inexplicable que je ressens depuis que
« je suis ici. Parfois, je me secoue, je me crie à moi-même:
« — Tu n'es qu'un voyageur! bientôt tu repartiras, tu

« quitteras tout ce qui te plaît dans cette petite vallée !...
« Il me semble que mon cœur refuse de se concilier avec
« ma raison. Je sais que je laisserai des regrets, car, mon
« ami me les a déjà exprimés sur le ton de la sincérité, et
« ma petite amie Reine me les laisse deviner dans l'azur si
« pur de ses honnêtes yeux bleus. Un jour, je m'étais attardé
« dans la montagne, puis perdu dans ces mille détours char-
« mants des bois; j'ai dû coucher dans une mauvaise hutte
« qui sert de refuge pendant l'été, ou qui a peut-être abrité
« quelque pauvre bûcheron. Le lendemain, le soleil est venu
« sécher mes vêtements trempés de pluie, et ranimer mes
« membres fatigués, et j'ai retrouvé mon chemin que j'ai
« pris avec empressement, car je songeais à l'inquiétude de
« mes amis. En effet, quelle alerte dans le village ! ne sou-
« ris pas au moins; mon hôte était sur pied, Hubert n'avait
« pas dormi, Reine pleurait près de sa grand'mère; on
« s'imaginait que j'étais parti sans rien dire, afin d'éviter
« le déchirement de l'adieu. Il m'a fallu leur jurer à tous que
« je ne m'en irais pas sans les prévenir. Si je te disais qu'on
« me prend même comme un conciliateur et un sauveur...
« tu as dû le voir du reste par la conversation que j'avais
« eue avec le père Fabien. Il est venu ce soir me raconter
« qu'on avait vu un mendiant sortir de l'usine, et qu'il avait
« dû y avoir un long entretien avec le pauvre Bernard, qu'on
« accuse d'être un ennemi dangereux de son patron... J'ai
« rassuré mon hôte, et j'ai été porter mes conseils et mes
« encouragements au malheureux injustement accusé. Il était
« seul, enfermé chez lui, livré à une muette douleur. Mon
« affection l'a amolli, et il m'a serré affectueusement la main.
« Bernard n'est pas méchant, je le savais bien; il est sim-
« plement aigri. Je suis heureux, au milieu de toutes mes
« tristesses, de pouvoir compter sur ta solide affection;
« quand je t'ai ouvert mon cœur, je suis soulagé. Ici j'aime
« et je suis aimé; mais ces amitiés sont destinées à être

« abandonnées un de ces jours. Adieu, cher... adieu... je ne
« te mets pas encore mon adresse... je crois que tu me
« verras bientôt.

                    « Albert DE MONTÉNRIGE ».

Albert venait de fermer sa lettre; il entendit le bruit de la
pluie qui tombait doucement sur les grands sapins; c'est une
des voix de la nature qui porte le plus à la mélancolie.

Le jeune homme se leva et alla s'accouder sur l'appui de sa
fenêtre. Il regardait la pluie douce et paisible qui imprimait
une légère oscillation au dôme de verdure; l'air était imprégné
des senteurs vagues qui s'élèvent de la terre et communiquent
à l'âme une sorte de langueur; cet air était plus frais, mais
non pas froid; il y avait au contraire comme une haleine
tiède, venant du haut des montagnes, qui faisait songer au
printemps: était-ce un adieu à l'hiver? Albert pensa que
c'était encore trop tôt; il aurait voulu que la nature pût
accomplir en quelques heures ses merveilleux prodiges de
transformation; l'œil de sa pensée voyait la feuillée nouvelle
s'étendre sur les champs et garnir sa fenêtre. Au milieu de
ce grand silence de la nuit qui était fort obscure, l'heure
sonna à l'église du village: huit coups graves résonnèrent
lentement.

À cette heure, ordinairement, tout le village est endormi:
mais un jour de fête il y a une exception. La fête s'était ter-
minée à quatre heures; ce n'est pas comme dans les villes,
où les divertissements se prolongent une partie de la nuit:
l'homme des champs a besoin de repos, et le plaisir ne lui
fait pas oublier ses devoirs du lendemain. La mère de famille
retourne à ses occupations ordinaires, et le père, entouré de
ses enfants, termine sa journée du dimanche en racontant
des histoires, ou en faisant sauter ses marmots. Les jeunes
gens se réunissent à la veillée; tantôt chez l'un, tantôt chez
l'autre; le plus souvent, c'est chez le père Fabien que se forment ces cercles joyeux; les beaux parleurs ont toujours

quelque chose à dire aux amis, et ceux-ci les écoutent reli-
gieusement, les yeux grands ouverts.

Ce soir-là, il y avait eu grande veillée chez le père Fabien,
et l'on commençait à s'en aller.

Albert, accoudé à sa fenêtre qui donnait derrière la maison, ne pouvait pas les voir sortir; mais il entendait le murmure de toutes ces voix qui s'éloignaient : les appels joyeux,
les éclats de rire, et puis, bientôt, tous ces bruits s'effacèrent
et le grand silence retomba. Alors, dans la nuit obscure, à travers le sentier qui coupe les champs, Albert vit une grande
ombre se détacher vigoureusement; l'ombre avançait rapidement; elle semblait grandir à mesure et ressortait merveilleu-
sement dans cet espace immense qui n'est pas noir comme
un pâté d'encre, car l'obscurité même est lumineuse; elle
a ses rayons indescriptibles qui donnent des nuances bien
difficiles à reproduire.

Tout à coup une voix rude, qui paraissait s'adresser à lui,
vint arracher Albert à sa rêverie.

La voix sortait évidemment de cette grande ombre qui
venait de s'arrêter sous sa fenêtre :

— Eh ! l'homme qui veille là-haut... un petit renseigne-
ment, si c'est possible !... Pouvez-vous m'indiquer la maison de Gertrude, chez qui demeure Antoinette ?... Je suis
bien venu par ici, mais voilà longtemps, et... ma foi, je ne
me rappelle plus le chemin...

— Attendez-moi! Je descends et je vais vous conduire,
répondit Albert qui s'empressa de sortir.

Il pouvait facilement quitter sa chambre sans éveiller l'attention du père Fabien, car cette pièce était tout à fait isolée,
et elle avait deux sorties, dont l'une aboutissait au sentier
qui allait à travers champs; c'est par là qu'Albert apparut.

L'homme qui avait parlé était un grand gaillard, enveloppé
d'un manteau noir, et coiffé d'un chapeau dont les bords
étaient si larges qu'ils cachaient entièrement son visage.

Il n'en était pas de même d'Albert : vêtu de son costume
de voyage en drap bleu, boutonné de moitié, et coiffé de son
grand feutre qui ne cachait pas sa chevelure et qui laissait
voir sa physionomie pâle et douce.

L'homme fit un mouvement en apercevant celui qui
venait si obligeamment à sa rencontre. En ce moment, la
pluie s'arrêta ; un nuage, blanc comme une ouate transparente, glissa devant la lune éblouissante, qui jeta ses rayons
sur le sentier : la tête d'Albert était en pleine lumière, et
l'homme soigneusement enveloppé le considérait en silence.

— Vous demandez à être conduit chez Antoinette, mon
ami? demanda Albert.

— Oui, c'est ça, Antoinette !... répondit rudement l'homme ; — alors c'est vous qui allez me conduire... marchons,
si vous voulez bien, et un peu vite !... Comment cela se fait-
il que vous restiez dans ce village ; je vois bien que c'est vous
dont mon ami m'avait parlé ?...

— Votre ami me connaît? c'est bien possible.....

Tous deux marchaient côte à côte le long du sentier ; ils
arrivèrent entre deux maisons et s'engagèrent dans cette
partie du village au bout de laquelle était la demeure d'Antoinette.

— C'est vous qui faites la fortune du pays, à ce qu'il
paraît?... continua l'homme d'un ton goguenard.

— Si votre ami vous a dit cela, il vous a trompé, répondit
tranquillement Albert ; dites-moi donc le nom de votre ami ;
voyons, quel est celui qui vous a parlé de moi ?...

L'homme répondit brusquement :

— Mon ami s'appelle Michel, et c'est bien vous qui lui avez
acheté toute sa boîte de colporteur pour en faire cadeau
aux gens d'ici ; et puis maintenant, vous saurez que je
n'aime pas à être questionné, moi !... c'est moi qui inter-
roge !... Je me souviens à présent du chemin, vous pouvez
vous en aller ; je trouverai bien la maison d'Antoinette.

Albert tressaillit, non de peur, mais parce qu'il pensait que cet homme qui avait pour ami ce déguenillé de Michel, ne devait pas valoir grand'chose; il se demandait ce qu'il allait faire chez la grand'mère de Reine, et il se promettait de ne pas le laisser pénétrer seul dans la maison des deux femmes.

— Vous n'êtes pas poli, vous, dit Albert sur le ton du maître à son valet; qui donc êtes-vous?... J'ai le droit de vous faire cette question à présent, et je puis vous empêcher d'arriver comme ça chez la pauvre Antoinette qui est malade, vous lui feriez peur...

— Antoinette est malade, dites-vous?... Qu'à-t-elle?... Allons, ôtez vous de mon chemin, si vous ne voulez pas que je vous renverse comme un enfant?... Laissez-moi courir près de ma mère!...

— Votre mère!...

La surprise était si forte qu'Albert, oubliant la prudence, laissa passer cet homme qui lui paraissait bien mystérieux; mais presque aussitôt que lui, il arriva sur le seuil de la vieille Antoinette.

CHAPITRE XIII

Reine ne s'était pas couchée; sa pensée veillait comme celle d'Albert.

La vieille Antoinette sommeillait paisiblement; tout à coup elle se dressa sur son séant; ses yeux étincelaient dans la demi-obscurité de l'alcôve, et c'est avec l'accent de la folie qu'elle s'écria :

— Enfant !... as-tu entendu ?... C'est la voix de Robert...

— Non, grand'mère, dormez en repos, répondit doucement la jeune fille qui croyait à un mauvais rêve; et elle arrangeait les oreillers sous sa tête.

— Je te dis que Robert vient par ici... il a traversé les champs déserts et il s'est perdu... c'est monsieur Albert qui l'accompagne...

— Où voyez-vous donc monsieur Albert ?... s'écria Reine.

— Je le vois, dit la grand'mère inspirée en élevant son bras droit au-dessus de sa tête.... il marche à côté de mon fils... il ne veut pas le laisser pénétrer ici !... Écoute plutôt... Robert !... ah ! Robert, c'est enfin toi !...

Elle tendait ses deux bras, tout haletante, la poitrine op-
pressée, et son œil sec se mouillait de pleurs bienfaisants ;
alors sa figure paraissait animée d'une immense joie, mais
d'une joie intelligente et non plus insensée.

En effet, la voix d'Albert se faisait entendre ; son ton était
impératif ; il contenait une menace, une colère que Reine ne
lui connaissait point, ce qui fait que la jeune fille s'élança
pour ouvrir la porte.

Elle fut presque renversée, alors, par le grand homme
enveloppé d'un manteau, qui se précipita jusqu'auprès du
lit où sa vieille mère lui tendait ses bras décharnés en
s'écriant :

— Ah ! Robert ! c'est   toi !

Il serait impossible de décrire les transports de tendresse
avec lesquels cette mère accueillait son fils.

— Robert !... tu m'es enfin rendu !... tu t'es souvenu de
la vieille mère... tu reviens enfin !... Oh ! te voilà ! tu ne me
quitteras plus !... enfant ! que j'ai tremblé pour toi !... que j'ai
pleuré pour laver tes fautes dans mes larmes... te voilà !...
oh ! c'est fini ; n'est-ce pas ; plus de séparation... ta mère
mourrait !.....

La vieille Antoinette pleurait comme une petite fille ; ses
sanglots secouaient son corps comme le vent d'orage secoue
la petite barque sur les flots ; c'était navrant de voir pleurer
cette pauvre vieille femme.

Celui qu'elle appelait Robert se dégagea, non sans peine,
de ces étreintes ; il dénoua les pauvres bras amaigris qui
étaient comme un collier à son cou, et il dit d'une voix un
peu rude, dans laquelle perçait un léger tremblement :

— Ma mère, ne pleurez plus ; oui me voilà, et nous ne
séparerons plus, puisque je viens vous chercher.....

— A la bonne heure !... s'écria Antoinette qui prit soudain un visage joyeux ; je le savais bien, moi, que mon enfant me reviendrait... Mais, mon fils, à quoi penses-tu donc ?

et moi qui ne t'en ai encore rien dit... regarde donc Reine!...
ta belle petite Reine ! ton enfant, ta douce et mignonne petite
fille, que j'ai soignée avec tant d'amour parce que c'était à
toi...

Reine était restée vers la porte tout contre Albert qui s'é-
tait arrêté sur le seuil et qui assistait muet à cette scène.
Sans doute, Reine avait déjà entendu parler souvent de son
père, et elle avait deviné que ce devait être lui que sa grand'-
mère embrassait si tendrement; mais son cœur ne la portait pas vers cet inconnu; au contraire, elle se sentait effrayée à son approche, comme la timide gazelle
devant celui qui la poursuit.

Les exclamations de la vieille femme qui appelait Reine,
forcèrent le grand homme à se retourner, et il se croisa les
bras sous son manteau, rejetant la tête en arrière (mouvement qui fit glisser son chapeau et mit son front en pleine
lumière), puis, d'un air fier et terrible, il toisa le jeune
homme et la jeune fille qui le considéraient, l'un en se demandant où il avait vu ces traits, l'autre en se disant : « Non,
ce n'est pas là mon père!.., » et, d'une voix sauvage, il s'ex-
prima ainsi :

— Ah!... voyez donc, ma mère, comme le sang parle chez
cette petite-là!... Voyez donc comme elle reconnaît son père
et comme elle s'empresse de venir se jeter dans ses bras!...
Ne voyez-vous pas plutôt ces deux jeunes gredins-là l'un
contre l'autre? Qu'est-ce qui leur a crié que le même sang
coulait dans leurs veines?... N'êtes-vous plus sorcière, vous
qu'on appelait autrefois de ce nom?... Quoi ! vous avez cru
que c'était ça mon enfant?... ça, ma fille ! ma petite Reine!...
je vous avais trompée parce qu'il le fallait autrefois... Ma
petite Reine, à moi, est morte avec sa mère! Et ça?... c'est
Marguerite!... la fille de Marguerite de Montebrige!.....

La foudre, tombant à l'improviste au milieu de cette scène,
n'aurait pas produit plus d'effet sur tous ces personnages.

La vieille Antoinette s'était levée droite, terrible dans sa colère, avec son regard affolé :

— Tu m'as trompée!... tu m'as fait nourrir la fille de notre ennemi!...

— Albert avait enlacé de ses bras la pauvre petite Reine tremblante et il lui avait dit, en la serrant sur son cœur :

— Tu es ma sœur!... ma chère petite sœur que j'avais perdue!... Enfant, ne tremble plus, ton frère est là pour te protéger!.....

Mais se tournant aussitôt vers son ennemi :

— Misérable!... je vous reconnais! je vous retrouve enfin!.....

Que va-t-il faire? La colère l'aveugle, un immense désir de vengeance s'est emparé de son âme; ses yeux lancent des éclairs; il fait un pas au-devant du lâche Williams Robert qui a maudit autrefois sa famille, qui a mis le feu au château de son père, qui lui a volé plus que ses trésors encore, la petite sœur qu'il a tant pleurée!... Mais il n'a pas d'arme; sa poitrine est nue et va sans doute être percée par ce traître qui le regarde avec un air de démon.

Cependant Albert ne tremble pas; il sait qu'il est à la merci de son ennemi, qui est assez misérable pour le tuer; et il ne songe qu'à défendre la vie de sa petite sœur et à la soustraire habilement à ce bandit. Alors, par un mouvement aussi prompt que la pensée même qui vient de le lui inspirer, il saisit sa sœur dans ses bras et sort en courant de la chaumière. Le corps léger de la jeune fille s'est affaissé; la tête tombe inerte sur l'épaule de son sauveur, car l'émotion a été si violente pour la pauvre Reine, qu'elle vient de perdre entièrement connaissance.

Quant à Albert, animé par une force inexplicable, il court, il vole, ses pieds ont des ailes; il dévore l'espace et a pu traverser en quelques minutes le chemin qui conduit chez son ami le docteur Hubert.

Il est arrivé à la demeure du jeune docteur, dont la lampe, éclairant encore sa chambre, atteste qu'il veille à cette heure où presque tout le village est endormi. Hubert a reconnu le son de la voix qui l'appelle, et il se hâte de paraître sur le perron.

— Albert!... qu'est-il arrivé?... mon Dieu! Reine est mourante!...

— Non, Hubert!... Bénissez le ciel et hâtez-vous de secourir cette chère enfant qui n'est qu'évanouie... Ah! sans doute, la surprise a été violente, et la pauvre mignonne n'a pas été maîtresse de son émotion... hâtez-vous, Hubert, mon ami!... Sachez que j'ai retrouvé ma petite sœur?... la voilà, Oh! la voilà! est-ce que mon cœur ne m'en avait pas averti?...

Albert a déposé doucement sa sœur sur le fauteuil d'Hubert, avec les précautions tendres de la plus tendre des mères; et tandis que son ami se penche sur elle pour écouter les battements de son cœur, la jeune fille semble sortir d'un pénible sommeil et elle s'écrie toute tremblante :

— Ah! j'ai rêvé sans doute!... mais que mon songe était agréable... ami, laissez-moi vous le dire... je voyais monsieur Albert m'appeler sa sœur!... cela m'expliquait pourquoi je l'aimais tant!...

— Tu n'as pas rêvé, enfant!... ton frère est là! je suis ton frère!... Ah! tu n'as pas connu mes secrètes angoisses, toi; mais, je les avais révélées à Hubert... Sais-tu, enfant, ce que c'est que de chercher pendant quinze ans un être qui vous a été enlevé?... une sœur que le père mourant a recommandée à son fils... Enfant! cette sœur qu'on m'avait volée, c'est toi! Un misérable, l'ennemi de notre famille, celui que tu viens de voir se dresser devant nous, avait juré de se venger d'une offense faite par notre père, et il avait répandu les plus effrayantes malédictions devant moi; ma jeunesse a été assombrie par le souvenir de ces malédictions, et le tableau qu'il m'avait été donné de contempler... Apprenant que la guerre civile régnait dans notre pays, et qu'un homme à figure de démon traînait toute une bande de forcenés après lui, répandant la terreur sur son passage, je m'empressai d'accourir sur le lieu de tous ces crimes, me demandant avec terreur, non pas ce qu'était devenu le vieux château de nos aïeux, mais ce frêle berceau de ma petite sœur que j'avais laissée sous la garde d'une brave femme dévouée à notre famille. Ah! ma chérie... ma petite colombe si longtemps envolée! comprends-tu mon désespoir, ma douleur?... Le château de notre père n'offrait plus que l'aspect d'une ruine noircie par les flammes, la pierre seule léchée par le feu avait été épargnée; le balcon en fer dressait dans l'espace sa balustrade tordue, au-dessus d'un amas de décombres mêlés aux arbustes de notre jardin... portant l'image de la désolation, de la mort!... mais surtout, la solitude! ce désert sans écho pour répondre à mes cris qui demandaient Marguerite, ma sœur! C'était toi... Un vieux serviteur accourut tremblant: il se jeta à mes pieds, me jurant qu'il n'avait pu défendre le dépôt sacré confié à ses soins : ta nourrice avait été tuée! on lui avait arraché son nourrisson, et on l'avait emporté!... Marguerite était à jamais perdue pour moi!... et figure-toi, enfant, que j'en étais venu à désirer d'apprendre que tu étais morte... car la pensée de te savoir sans défense, comme un pauvre oiseau entre les mains d'enfants cruels... Oh!... cette pensée me déchirait l'âme plus que si j'avais été assuré de ta mort!...

— Calmez cette exaltation, Albert, s'écria Hubert tout ému; Dieu est bon, il prend pitié de ses créatures, il entend toujours les cris qui montent vers lui... je le savais, moi, que vous retrouveriez votre sœur; mais comment? Oh! vous ne m'avez pas dit comment ce prodige vient de s'accomplir... est-ce la vieille Antoinette qui vous a révélé ce secret?...

— La malheureuse Antoinette!... Oh! il est vrai qu'elle

a doucement et affectueusement soigné ma colombe! mais
c'est parce qu'elle croyait que c'était la fille de son fils, si coupable et trop aimé... Savez-vous, Hubert, que la Providence
m'a conduit ici, dans cette vallée paisible qui me gardait un
trésor comme l'enfant qu'on mène par la main, le guidant à
travers les ténèbres... ah!... ce n'était pas en vain que mon
cœur criait : « Reste ici! » La voix du sang parlait aussi...
Ce soir, Hubert, je veillais à ma fenêtre, contemplant les
nuages lumineux, comme j'aime à le faire souvent, car je
leur prête des formes fantastiques....., un homme dont la
parole me fait tressaillir, semblable à un écho du passé qui
me rappelle une douleur, un homme m'interpelle, debout
sur le chemin obscur, me demandant la demeure d'Antoinette : je veux le conduire moi-même... car tu sauras que
rien ne m'était plus doux que de traîner mes pas de ton
côté..... J'abrège..... l'homme était le fils de la vieille Antoinette... J'ai assisté aux caresses de cette mère pour son
enfant... et quand elle a voulu pousser celui-ci dans les bras
de sa fille en lui criant : « Voici ta petite Reine que je t'ai
élevée par amour pour toi... » alors, il n'a pu garder son
secret plus longtemps... il nous a révélé hautement qu'elle
ne s'appelait point Reine, mais Marguerite de Montébrigo!...

Les hommes heureux n'ont pas d'histoire, dit-on. Nous
laisserons nos trois héros savourer leur joie dans l'intimité
de leurs cœurs, si étroitement liés que le bonheur de l'un
était aussitôt ressenti par l'autre. Hubert était une de ces
âmes pieuses qui traversent le monde sans se souiller à son
contact, et qui s'en retirent afin de ne pas y laisser mourir
leur dernière espérance. Il avait éprouvé autrefois une douleur vraie; il était venu alors s'ensevelir dans une solitude
profonde où il avait goûté les charmes amers du souvenir,
de ses illusions envolées. Mais la tendresse de sa mère l'avait
soutenu; elle lui avait soufflé la pensée généreuse de remplir sa vie d'une occupation utile aux autres, et il s'était

dévoué de grand cœur en soignant les pauvres habitants de la jolie vallée où il était descendu. Peu à peu son âme avait retrouvé sa douce quiétude, car il n'y a que le remords qui puisse à tout jamais chasser le repos. Une nuance de mélancolie restait imprimée sur ses traits, et lui communiquait une gauche réserve, sorte de timidité des gens honnêtes, qui n'était effacée que par l'ardeur avec laquelle il luttait parfois pour arracher une créature à la mort.

On comprendra aisément l'exubérance de joie qui fut versée dans le cœur d'Hubert, lorsqu'il apprit que la charmante Reine était la sœur de son ami.

Quant à la jeune fille, elle aussi témoignait à Albert le bonheur qu'elle ressentait ; et elle lui répétait mille fois ce mot si doux de frère !... La mère d'Hubert vint prendre part à cet entretien qui dura une partie de la nuit ; car on ne se lassait pas d'interroger, et Albert ne se lassait pas de refaire le récit de ses souvenirs et de ses douleurs.

Le jour les surprit dans ces épanchements ; on avait fait déjà bien des projets ; on s'était mille fois répété que rien ne les séparerait plus, et l'on n'avait pas encore pensé à cette chose terrible : Qu'était devenu cet homme ?... qu'allait-il faire ?... et cette pauvre vieille Antoinette que Reine avait tant aimée, soignée avec la tendresse d'une petite-fille dévouée, quoi !... allait-elle l'abandonner, cette pauvre créature qui ne pouvait pas se passer de ses soins ?...

Ce souvenir cruel amena des pleurs dans ses yeux, comme si on ne pouvait goûter une joie sans mélange de tristesse ; mais Albert la consola en lui promettant de ne pas oublier le dévouement qu'Antoinette avait eu pour elle ; que ce soit pour une raison ou pour une autre, il bénissait en lui-même cette ignorance de la vieille femme qui avait été cause des soins les plus affectueux ; elle avait protégé sa chère petite sœur, elle l'avait élevée pieusement ; ne méritait-elle pas, en vérité,

9

d'être protégée et soignée à son tour jusqu'à ce que la mort vînt fermer ses yeux?

Mais nul ne peut sonder les décrets admirables de Dieu : il voit, il juge, il assiste à bien des crimes commis sur la terre par des hommes comblés de ses dons pourtant,... et sa bonté ne se ralentit point; son soleil continue de briller pour les bons comme pour les méchants. Une larme suffit pour laver une vie remplie de fautes, et c'est la suprême consolation qui est donnée au pécheur.

Williams Robert pleurait devant sa pauvre vieille mère qui venait de mourir subitement, frappée par l'émotion trop forte pour son corps débile; la douleur de voir fuir celle qu'elle avait appelée sa chère petite-fille pendant dix-huit ans, était peut-être la plus cruelle émotion qu'elle eût encore ressentie, et sa vie venait de s'éteindre brusquement, comme lorsqu'on souffle sur la flamme d'une bougie. Williams pleurait devant sa mère, et il fléchissait les genoux, priant pour la première fois depuis bien des années.

Il n'est pas surprenant de voir des âmes égarées revenir soudainement à la foi après la mort d'un être cher; tout ce qui l'attachait sur la terre à cette mère qui l'aimait tant, Williams Robert venait de le sentir dans un brisement douloureux, qui lui révélait ses fautes en même temps que sa douleur.

La haine l'avait aveuglé; longtemps, il avait poursuivi son ennemi de ses menaces, de ses malédictions; le désir de la vengeance ne lui laissait aucun repos, et dès qu'il put l'accomplir, il ressentit cette joie sauvage qui ressemble à une soif inextinguible que rien ne peut calmer.

La mort inattendue de sa vieille mère, vers laquelle un bon sentiment le ramenait, lui arrachait une larme de repentir et ces prières qu'il n'avait plus prononcées depuis son enfance.

Albert le surprit dans cette pieuse occupation, et nous

devons dire en toute sincérité que ni l'un ni l'autre de ces deux hommes, en présence de la mort, n'éprouva le moindre sentiment de haine.

Albert, généreux sans efforts, et surtout transfiguré par la joie, tendit le premier la main à celui qui l'avait fait souffrir pendant vingt ans; mais cet ennemi ne pleurait-il pas? Ceux qui connaissent la douleur la respectent toujours chez les autres, c'est un caractère sacré qui inspire en quelque sorte une profonde sympathie.

CHAPITRE XIV

L'heure du repentir n'avait pas encore sonné pour le vieux Michel; il attendait avec impatience le retour de son ami Williams Robert qui lui avait donné rendez-vous dans la campagne. La pluie tombait alors fine et serrée, avec ce petit bruit métallique qu'elle produit en frappant les feuilles sèches. Comme le terrain allait en pente et que Michel se trouvait dans une espèce de ravin, l'eau glissait rapidement jusqu'à ses pieds; les bords de son pauvre chapeau de feutre gris ressemblaient à des gouttières qui versaient impitoyablement la pluie sur ses larges épaules; de là, l'eau tombait jusque dans ses bottes qui avaient l'air de grands entonnoirs. Enfin, la patience du vieux drôle se lassa tout à fait; il proféra un horrible juron et sortit de ce ravin embourbé, décidé à se mettre à couvert sous un de ces toits de chaume, comme on en voit au village, qui servent à abriter des outils de jardinage, quelquefois la niche d'un chien de garde; mais le bonhomme se glissait avec une certaine prudence, tendant le cou avec anxiété pour écouter si un grondement sourd n'annonçait pas la présence d'un fidèle gardien. Il connais-

sait mieux le chemin que son ami Robert, et il sut très bien
éviter dans tous ses détours, ce qu'il redoutait le plus.

Il arriva ainsi dans un sentier étroit, bordé par des buissons de houx sauvages. Le vieux Michel se cacha bien mieux;
le houx lui servant de parapluie; la terre en cet endroit
n'était pas trop trempée. Ce chemin conduisait à la ferme
dont nous avons parlé déjà ; de là, à peu de distance, s'élevait
le bâtiment de l'usine éclairé en ce moment par la lune qui
se dégagea soudain d'un nuage, et la pluie cessa.

Insensible au spectacle de la nature, le vieux Michel s'était
appuyé contre le buisson, et il regardait du côté où son ami
allait sans doute apparaître d'un moment à l'autre.

Un pas régulier, sec et précipité, se fit alors entendre sur
le sentier. Dans le silence de la nuit, tous les bruits réson-
nent ; Michel se cacha sous le buisson pour voir celui qui
allait passer.

Il ne tarda pas à paraître, et le vieux colporteur ne put
retenir un mouvement de surprise en reconnaissant Bernard.
Celui-ci était trop absorbé par ses propres pensées pour
avoir remarqué l'oscillation du buisson ; il passa sans lever
les yeux, qu'il fixait obstinément sur le chemin comme un
homme qui cherche quelque chose.

Michel, devinant que Bernard se rendait à l'usine, et
voulant savoir ce qu'il allait y faire, marcha derrière le
jeune homme.

Bernard ne songeait nullement à se retourner ; il suivait
amèrement ses pensées intérieures ; il était bien décidé à
prévenir son patron de l'infâme trame formée par le vieux
Michel et son ami, car sa conscience ne pouvait le laisser
tranquille à ce sujet ; heureusement, chez lui, le sentiment
de l'honneur dominait tous les autres ; quand on a été élevé
dans de bons principes et qu'on a toujours eu une vie honnête, on ne peut facilement regarder les autres commettre
des crimes sans crier gare.

Au moment où il allait tourner l'angle occupé par les maisons de la ferme, le chien de garde se mit à aboyer violemment, puis s'élança comme s'il voulait briser sa chaîne.

— Paix, paix, mon Médor !... tu vas réveiller tout le monde !... voyons, ne me reconnais-tu plus ?... C'est bon, tu me caresses ; mais qu'a-t-il donc ce chien ? ce n'est pas après moi qu'il aboie !... il y a donc quelqu'un par ici ?...

Bernard se retourna et aperçut le vieux colporteur qui n'avait pas l'air trop rassuré.

— Que faites-vous ici ? demanda sévèrement Bernard.

— Ah ça !... vas-tu m'ameuter tout le monde ?... grogna le vieux Michel... commence par faire taire ce chien enragé qui m'aurait déjà dévoré s'il n'était enchaîné... Il n'y a donc pas moyen de l'étrangler, ce diable de chien ?...

Les aboiements furieux de Médor avaient attiré l'attention du maître de la maison qui n'avait pas l'habitude d'être réveillé ainsi ; une petite fenêtre s'ouvrit sur le côté de la ferme, et une voix un peu enrouée cria :

— Qu'y a-t-il ?...

— Ce n'est rien, père Mathieu, répondit Bernard aussitôt ; c'est moi que votre chien ne reconnaissait pas...

Il n'osait pas dénoncer Michel qui se tenait blotti dans un enfoncement, mais il sentait vaguement qu'il avait tort.

La voix du fermier reprit :

— C'est toi, Bernard !... mais tu n'étais pas seul pourtant... je t'entendais parler...

— Je parlais à Médor, je cherchais à le calmer..., reprit Bernard qui se troublait malgré lui, et se reprochait son mensonge.

— C'est bien, dit le fermier ; passe ton chemin vite ; ici, Médor ! ici !...

Le fermier apaisa le chien, ferma son volet, et les deux hommes s'en allèrent ; mais on entendit longtemps encore les hurlements du chien ; d'autres chiens du village lui

répondirent : ce fut un horrible concert ; plus d'un paysan
superstitieux dut frissonner dans son lit, pensant que ces
hurlements-là annonçaient un malheur.

Cependant Bernard et Michel marchaient silencieux ; tout
à coup Bernard s'écria :

— Vous saurez, Michel, que je ne vous laisserai pas accomplir vos ignobles projets ; je vais prévenir Claude de se tenir
sur ses gardes et d'avertir monsieur le maire qu'un méchant
drôle a l'intention de venir ici soulever les travailleurs de
l'usine.

— Dirais-tu vrai ?... s'écria alors une voix qui apparte-
nait au patron même de l'usine ; car Claude Morand était
sorti un peu tard de chez monsieur le maire, et il rentrait
justement chez lui : il avait vu à quelques pas les deux
hommes et il était arrivé à temps pour entendre les paroles
de Bernard.

C'est ainsi que le hasard, suscité par la Providence, joue
un grand rôle dans la vie, et que les petites causes ont souvent de grands effets.

Le jeune homme tressaillit en apercevant son patron qui
sortait de la maison du maire ; mais un bon sentiment étouffa
aussitôt cet éclair de jalousie ; il se hâta de répondre :

— Oui, Claude, puisque vous m'avez entendu, je n'ai plus
rien à vous apprendre et je pense que maintenant que vous
êtes averti vous allez sans tarder retourner chez monsieur
le maire... qui vous accueille si bien...

Quelle amertume était renfermée dans ces paroles !... Claude
n'y fit pas attention et se tourna du côté du colporteur ; celui-
ci, après avoir été légèrement troublé, regardait effrontément les deux hommes.

— Eh bien !... on a la parole... on se dispose à faire un
discours... et on ne sait plus les premiers mots... s'écria
Michel d'un ton goguenard, en voyant Claude Morand demeurer immobile et silencieux.

En effet, le pauvre Claude était comme cloué par la surprise, et littéralement ahuri ; peut-être avait-il avalé quelques petits verres de plus que de coutume, et l'air frais du dehors lui avait causé un subit malaise ; puis, il faut bien l'avouer, la nouvelle si brusque du malheur qu'il avait toujours redouté venait de lui porter un coup mortel. Certes, il y avait longtemps qu'il redoutait l'influence du vieux colporteur sur les ouvriers de l'usine ; il y avait longtemps qu'il craignait de voir son paisible pays troublé par des révoltes : tous les hommes ne sont pas nés braves, et quelquefois on voit des corps, taillés en hercule, ne contenir qu'un cœur de lièvre.

Sans être très brave lui-même, mais audacieux comme un effronté coquin, le vieux Michel connaissait assez le caractère de Claude Morand pour en abuser par l'intimidation.

— Bon... bon... radotez ensemble, allez prévenir monsieur le maire et toutes les autorités, le diable et son train, quoi ! Vous n' ipêcherez pas la destinée... quand l'heure doit sonner, elle sonne ! voilà !...

Le bonhomme se mit à priser tranquillement.

— Bernard !... dit, d'une voix mal assurée le patron de l'usine... je ne me sens pas bien... aide-moi à rentrer chez moi... va plutôt appeler du secours chez... monsieur le maire... vite !...

Il chancelait en effet. Cet homme, robuste comme un chêne, avait l'air d'être frappé de la foudre, et il serait tombé à la renverse si le jeune homme, plus fort et plus nerveux que sa petite taille ne l'aurait laissé supposer, n'avait ouvert précipitamment ses bras pour le soutenir...

— Ah !... Ah !... Ah !... C'est moi qui m'en vais aller prévenir monsieur le maire à cette heure !... c'est un joli tableau, ça, à la bonne heure !... donne-toi bien de la peine, grand niais de Bernard, pour sauver la vie à celui qui te prend ta promise,... faut-il que tu sois bête !... Et il riait avec effort ;

il affectait de se livrer à une bruyante hilarité qui s'éteignit tout à coup. Alors, que se passa-t-il dans l'esprit de ce démon ? une tentation horrible à laquelle il ne sut pas résister ; une de ces tentations inexplicables qui naissent soudain dans la tête d'un homme pour en faire un assassin. Le vieux Michel se dressa comme un fantôme de haine, la colère allumait ses yeux qui s'injectèrent de sang ; et, saisissant Claude par le nœud de sa cravate, il le secoua, le serra à l'étrangler et le repoussa avec tant de violence que le malheureux patron de l'usine tomba à la renverse, entraînant sur lui le pauvre Bernard qui n'avait pu le défendre.

Cette lutte ne s'était pas passée sans bruit ; les appels désespérés de Bernard, le râle de Claude Morand, les jurons de Michel, tout cela joint aux hurlements lointains des chiens du village, avait fini par mettre sur pied quelques habitants.

— Il se passe quelque chose d'inusité dans le pays... ; ces aboiements ne sont point naturels... s'était dit le fermier tout d'abord ; et, se vêtissant à la hâte, puis, détachant la chaîne du collier de Médor, il s'était mis en route au hasard en disant :

— Allons, Médor !... conduis-moi ! qu'y a-t-il, voyons, qu'y a-t-il ?...

De son côté, le maire au moment d'entrer dans sa chambre, était revenu dans la salle du rez-de-chaussée, et il avait trouvé sa filleule occupée à ouvrir la porte pour écouter les bruits du dehors.

— Entendez-vous, mon parrain ? disait Germaine ; est-ce qu'il serait arrivé un malheur à quelqu'un ?...

— Ça serait donc à Claude, alors !... s'écria le maire ; il sort d'ici, et j'ai trouvé qu'il avait le visage plus rouge que d'habitude... je vais aller voir...

Le maire sortit ; Germaine resta sur le seuil, cherchant à saisir la cause de tout ce vacarme.

Alors, par un enchaînement de circonstances merveilleu-
ses que notre plume est inhabile à expliquer — le vrai coupable devait être puni — Médor s'enfuit en aboyant, laissant
son maître l'appeler inutilement et vint saisir, par le fond de
sa culotte, le bonhomme Michel qui s'apprêtait à se sauver.

Presqu'en même temps, le maire arrivait sur le lieu de
cette scène, et, sans apercevoir le vieux colporteur, croyant
à une dispute entre Bernard et Claude, s'empressait de les
relever tous deux.

Il n'y eut aucune explication ; le plus pressé était de secourir Claude Morand, qui avait entièrement perdu connaissance.

Ce ne fut pas une petite affaire pour le maire et pour Bernard, que de transporter le corps du patron de l'usine jusqu'à
la maison (peu éloignée de là du reste) où Germaine attendait.

Celle-ci venait de reconnaître la voix de Bernard, et quand
elle vit paraître le petit groupe, elle eut un instant la pensée que le malheureux venait de provoquer son rival.

Elle regarda alors si singulièrement le jeune homme, au
moment où il parut sous la pleine lumière de la lampe, que
ce dut être bien cruel pour le pauvre Bernard, qui la regardait aussi, de lire dans ses yeux une accusation semblable. Il
tressaillit visiblement, comme au contact d'une pile électri-
que, et il dit d'une voix rendue tremblante par l'émotion :

— Je le sens, hélas !... tout est contre moi !... on va m'ac-
cuser d'avoir provoqué Claude Morand !

Il n'y avait pas à se méprendre davantage, l'accent de
Bernard était sincère ; quelquefois la justice hésite à con-
damner un homme qui laisse échapper un semblable cri du
cœur ; mais souvent, aussi, elle refuse de croire à sa sincérité.

Cependant, Germaine sentit des larmes humecter ses paupières, et, tandis qu'on essayait de rappeler à la vie le pauvre Claude, elle s'approcha de Bernard.

— Pardonnez-moi, lui dit-elle à mi-voix; j'avais redouté un emportement de votre part... qu'est-il donc arrivé?...

— Il est arrivé un drôle dans le pays... s'écria en ce moment le fermier qui apparut tout à coup dans la petite cour; je dis qu'il est arrivé un drôle dans ce pays dont mon brave chien m'a signalé ma présence, et qu'il tient en respect.

— Est-ce que ce serait un assassin?... s'écria monsieur le maire.

— Non, dit Bernard, ce *n'est que* le vieux Michel, le colporteur...

— Arrêtez-le!... arrêtez-le!... balbutia alors Claude Morand qui revenait à lui; il se dressa debout près de son fauteuil et s'élança vers la porte, comme s'il recouvrait soudain ses forces en se voyant si bien entouré... Oui!... disait-il... en effet, ce n'est que ce bandit de Michel; mais ce vaurien-là a voulu m'étrangler!... s'il ne l'a pas fait, ce n'est point sa faute... je vous déclare que Michel n'est pas seulement un contrebandier de la pire espèce, mais un homme très dangereux!... il est de mon devoir de le signaler : Michel roule dans son esprit des projets séditieux; il annonce la venue d'un drôle comme lui qui s'efforcera de soulever mes braves travailleurs, de les irriter contre moi; une émeute, monsieur le maire!... oui, c'est une émeute qui menace ce pays si tranquille!

Il y avait tant d'exaltation dans les paroles du pauvre Claude, que chacun pensa qu'il devenait fou. Pour faire diversion, le vieux Michel rugissait dans la cour comme une bête sauvage.

— M'arracherez-vous enfin ce damné chien qui me mord... qui me déchire?... Au secours!... hommes lâches! laisserez-vous ce maudit chien me mettre en lambeaux, sacrebleu?...

En effet, Médor mettait consciencieusement en lambeaux...

le fond du pantalon du malheureux Michel; et il déchirait un peu de la chair du méchant drôle qui vociférait de douleur : Ce tableau excita la compassion de Bernard.

— Rappelez votre chien, père Mathieu, lui dit-il; voyons ! ne laissez pas dévorer ce pauvre diable, il est assez puni cette fois; cette leçon lui servira, j'espère.

— Oui, s'écria le maire; que Michel aille se faire pendre ailleurs, nous ne redoutons nullement ses menaces. Est-ce que nous aurions peur de lui ! allons donc !... Je connais ce pays; il est rempli de braves gens qui ne demandent qu'à vivre en paix...

— C'est bien, monsieur le maire! exclama le fermier; tiens, vieux drôle, contente-toi de cette correction, et va te faire pendre ailleurs !... ajouta-t-il en rappelant son chien avec violence.

Le vieux Michel ne se le fit pas dire deux fois; il s'éloigna en boitant, assez vite pourtant, et jurant, mais un peu tard, qu'on ne l'y reprendrait plus.

CHAPITRE XV

Le lendemain de cette fête mémorable pour tout le pays, les portes de l'usine étaient fermées, et c'était la première fois depuis sa fondation qu'on la voyait close un jour de semaine.

Un silence de mort régnait à l'entour; les volets du rez-de-chaussée étaient entièrement fermés; cette grande maison qu'on avait l'habitude de voir si animée paraissait triste et déserte; la fumée ne s'échappait plus en spirale des énormes tuyaux, les travailleurs n'étaient pas là enfin pour remplir cette immense ruche du bruit de leurs marteaux.

Un murmure lointain, qui semblait approcher peu à peu, se fit entendre au moment où la cloche de l'église sonna sept coups, auxquels l'écho de la cloche de l'usine ne répondit pas comme de coutume.

Et, sur le chemin qui conduit au bâtiment silencieux, les ouvriers apparurent deux à deux, la tête nue, l'air recueilli

le front grave, comme s'ils suivaient une procession.
Quand ils furent au pied des trois marches en pierre qui ser-
vaient de perron, tous ces hommes ralentirent leur marche,
adoucirent leurs pas, arrêtant presque leur souffle pour monter un à un dans le plus profond silence, et pénétrer dans le
cabinet du patron, qui de là conduisait à sa chambre.

Il était là, le pauvre Claude, couché pour son dernier sommeil, et son visage portait les traces d'une inexprimable
terreur; comme un masque moulé, la mort avait laissé son
empreinte sur cette physionomie de marbre, aux lignes cris-
pées, qui annonçait la lutte terrible que le malheureux avait
subie.

Claude Morand avait succombé à une seconde attaque d'a-
poplexie suivie d'une violente crise de nerfs; son agonie avait
duré toute la nuit. Le docteur Hubert avait dit : « C'est une
attaque d'apoplexie cérébrale] nerveuse ! » . . . .

La mort aplanit tout; elle efface surtout le souvenir de
tout ce qui a été mauvais chez celui qui n'est plus; c'est-à-
dire qu'en le purifiant, elle l'idéalise.

Voilà pourquoi tous ces hommes, si rudes de visages, qui
avaient été les ouvriers de Claude Morand, se sentaient
émus en pénétrant un à un dans la chambre où il dormait
son dernier sommeil. Chacun à son tour s'inclina avec respect, les yeux humides, une prière aux lèvres. Et, s'il est vrai
qu'on peut être doué après sa mort du don merveilleux de
lire dans les cœurs, celui qui s'était tant exagéré les craintes
de ce monde, devait reconnaître enfin combien il s'était trompé. Même Jean Faroux, le vieux loup, qui s'il avait l'écorce
la plus rude, avait aussi l'âme la plus tendre; du revers de
sa grosse main, il essuyait sans cesse les pleurs qui obscur-
cissaient ses yeux, et dans son langage grossier, il exprimait
la pensée la plus délicate de l'homme :

« — Adieu, Claude, adieu ! Toi qui fus l'enfant du pays,
notre camarade, notre ami! Toi qui nous as fait gagner notre

pain par un honnête travail... adieu, repose en paix... nous ne t'oublierons pas !... »

Après ces paroles prononcées d'une voix émue devant la couche funèbre, chaque ouvrier vint à son tour exprimer son adieu et ses regrets.

C'était un touchant tableau que Bernard contemplait aussi avec une profonde émotion ; il regardait d'un œil attendri celui qui avait été son patron et son rival ; il lui demandait pardon dans son cœur des pensées de haine qu'il avait eues à son sujet, et il se promettait bien sincèrement à lui-même, de travailler à se dominer véritablement. Comme le lui avait dit Germaine : « L'intelligence est un don de Dieu qu'il ne faut pas tourner à mal. »

Quant à la nièce du maire, la pieuse fille priait pour Claude Morand avec une telle ferveur, qu'aucune distraction n'avait pu lui faire lever les yeux.

Et, pendant ce temps, un homme priait aussi et se repentait, au chevet de la pauvre vieille Antoinette : c'était William s Robert.

. . . .

Deux enterrements eurent lieu en même temps dans ce petit village, si tranquillement assis au fond d'une douce vallée : c'est le seul trouble qui vint déranger les habitants ordinairement si calmes de ce pays.

Il y a des peuples que les guerres civiles ne peuvent jamais atteindre, sans doute parce qu'ils sont bien cachés, comme ce petit nombre de mortels dont nous avons esquissé l'histoire.

Quelquefois, l'ouragan passe au-dessus de leurs têtes, mais il ne détruit rien. Les belles montagnes servent de ceinture au vallon solitaire, et l'écho champêtre ne vous fait entendre que le chant un peu mélancolique des montagnards qui ramènent leurs troupeaux du pâturage.

FIN

Limoges. — Imp. MARC BARBOU et Cᵉ.

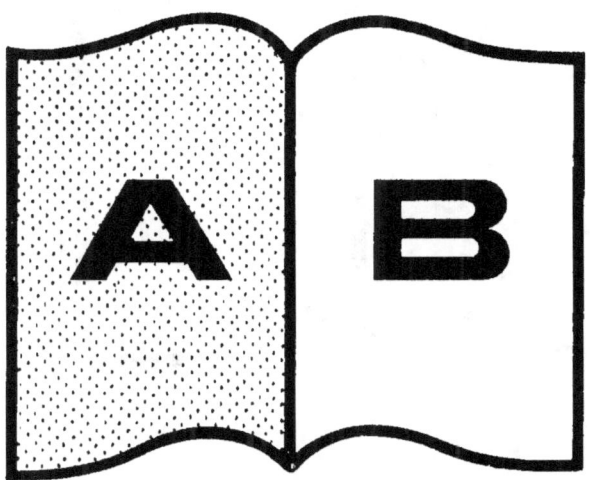

Contraste insuffisant

NF Z 43-120-14

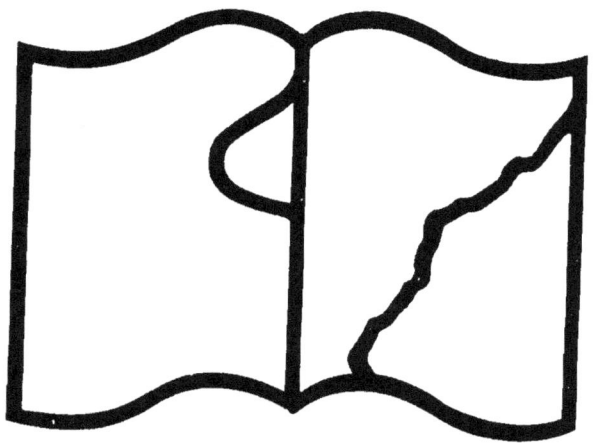

Texte détérioré — reliure défectueuse

NF Z 43-120-11

www.ingramcontent.com/pod-product-compliance
Lightning Source LLC
Chambersburg PA
CBHW071231260626
47162CB00004B/1522